AF434875

Histoires anciennes, revisitées

DU MÊME TRADUCTEUR & AUTEUR

Aux éditions du non-agir
www.non-agir.fr

Petit dictionnaire du mandarin pas classique, 2020. Insultes & Argot
Lao She, *La maison de thé*, pièce en trois actes.
Lu Xun, *La véridique histoire d'Ah Q*
Ling Mengchu, *Les rocambolades de Dragon Flemmard* (XVIIᵉ s.)
Anonyme (XVIIᵉ s.), *De rêves et de fers : les enquêtes surnaturelles du juge Pao*
Divers, *Divagations sur poèmes Tang.*
Samuel V. Constant, *Colporteurs des rues de Pékin (1936)*
Éditions bilingues :
    La véridique histoire d'Ah Q
    La maison de thé, Lao She
    Réveiller les morts, Lu Xun
    En forgeant les épées, Lu Xun

Chez Gallimard, Série Noire

Chang Kuo-li, *Le Sniper, son wok et son fusil*, 2021 (thriller)

Aux éditions Cambourakis

Zuo Ma, *Bus de nuit*, 2020 (roman graphique)

Chez Denoël, collection Sueurs froides

Chan Ho-kei, *Hong Kong Noir*, 2016 (roman policier)

Aux Presses de la Cité

Yan Ge, *Une Famille explosive*, 2017 (comédie de mœurs)

Chez You Feng, libraire et éditeur

Alai, *La Montagne vide*, 2019 (roman)
Petit Lexique français-chinois des onomatopées, interjections et autres bruits,
    avec 600 exemples tirés de la littérature chinoise contemporaine.
Divers, *Les Martyrs des monts No-Waang* (BD traditionnelle, bilingue)
Ge Ti & Jiang Dongliang, *Les Aventures de Koxinga* (BD traditionnelle, bilingue)
Chen Lai, *Les Valeurs fondamentales de la civilisation chinoise* (philosophie)
Divers, *Biographie illustrée de Tu Youyou, prix Nobel 2015 de médecine.*

LU XUN

Histoires anciennes, revisitées

Traduit du chinois par Alexis Brossollet

Titre original 故事新編, 1935
par 魯迅

Illustration de couverture :
Voyageurs parmi les torrents et les montagnes
de Fan Kuan (960-1020)
Domaine public

© Alexis Brossollet & Éditions du non-agir
Paris, janvier 2014 pour cette traduction
9 rue Anatole de la Forge, Paris 75017
3ᵉ édition, 2021

ISBN 979-10-92475-04-3

Avertissement

LE SYSTÈME DE TRANSCRIPTION en caractères latins des noms chinois, utilisé dans cette traduction, n'est pas le système officiel *pinyin* en usage en République populaire de Chine, mais l'ancien système de l'École Française d'Extrême-Orient (EFEO). Le *pinyin*, bien entendu, n'existait pas à l'époque où Lu Xun écrivit ces nouvelles. Mais d'autres raisons moins anecdotiques ont poussé le traducteur à ce choix. C'est tout d'abord un souci pratique : ces récits ne s'adressent pas particulièrement aux spécialistes de la langue chinoise, et l'EFEO, aussi désuet qu'il soit, présente l'avantage de mieux rendre, pour un lecteur français tout du moins, la prononciation *réelle* des noms chinois. C'est aussi, et surtout, justement son caractère suranné et antique : l'EFEO donne au texte un cachet en accord avec les vieilles légendes qui sont ici rapportées et dénoncées dans le même souffle.

Le *pinyin* est en revanche utilisé dans la préface, dans les courtes notices qui introduisent chaque nouvelle et dans les nombreuses notes, pour aider les sinisants ou apprenants qui voudraient raccrocher les noms chinois cités aux caractères correspondants ou à leurs propres connaissances historiques. Leur lecture, sans être tout à fait indispensable, facilitera également la compréhension de ces huit récits pour tous les autres lecteurs…

Préface

du traducteur

LU XUN, UN NOM DE PLUME[1], a été depuis près d'un siècle transcrit de multiples façons : Lou Sin ou Lou Siun en France, Lu Hsün dans les pays anglo-saxons. L'un des plus grands, sinon le plus grand écrivain chinois du xxe siècle, malgré une production purement littéraire se limitant à trois recueils de nouvelles[2] et un peu de poésie. D'aucuns ont écrit que l'œuvre a souffert de la mission que s'était assignée l'écrivain : celle de sauver la nation chinoise de sa fin qu'il voyait proche si elle ne se débarrassait pas du système de pensée et des croyances qui l'avaient menée à son état de décadence prévalent à la fin de la dynastie Qing et après sa chute.

Et il est vrai que Lu Xun, qui a longtemps cru en la puissance de l'écrit, aura consacré beaucoup plus de temps à la rédaction d'articles et d'essais acerbes qu'à celle de littérature au sens propre ; il est vrai aussi que ses préoccupations sociales et morales transparaissent toujours dans sa prose, l'ancrant trop (aux yeux des

---

[1] 鲁迅 *Lǔ Xùn* en *pinyin*, de son vrai nom 周樹人, *Zhōu Shùrén*. Né en 1881 et mort en 1936. Une chronologie plus complète figure en fin d'ouvrage.

[2] *Cris, Errances* et *Histoires anciennes, revisitées* (故事新编 *gùshi xīnbiān*, ici traduit). Dans les *Œuvres complètes* de Lu Xun en chinois, ces nouvelles ne composent qu'un seul volume tandis que la compilation de ses essais en occupe trois.

mêmes critiques) dans son époque et empêchant peut-être parfois qu'elle atteigne, comme elle en avait le potentiel, à l'universel. Si les plus célèbres de ses nouvelles, comme *La véridique histoire d'Ah Q*, sont devenues des classiques de la littérature mondiale, d'autres, et c'est le cas des huit récits rassemblés dans son dernier recueil *Histoires anciennes, revisitées*, ont pu apparaître trop enracinées dans la culture voire dans le folklore chinois pour toucher les lecteurs occidentaux. En témoigne la rareté des traductions : en anglais, trois en trois quarts de siècle, dont la dernière, excellente, ne remonte qu'à 2009 (par Julia Lovell). En français, moins encore, et plus anciennes : l'une datant de 1959 par Li Tche-Houa, l'autre, des Éditions en langues étrangères de Pékin[3], de la fin des années 1970.

Pourtant les qualités de ces histoires sont nombreuses : ironiques et iconoclastes, pessimistes et drôles à la fois, elles ont les pieds dans la glaise chinoise et la tête dans les légendes. Certes, elles parlent de mythes, de philosophies et de personnages qui nous viennent de très loin dans le passé chinois. Mais ces thèmes sont aujourd'hui souvent beaucoup plus familiers au public occidental qu'ils ne l'étaient à l'époque où Lu Xun écrivait et dans les décennies qui ont suivi. Et surtout, ils sont traités avec le modernisme critique caractéristique de l'écrivain, dont le style puise beaucoup dans ses lectures et traductions d'ouvrages occidentaux, et qui récupère ces mythes pour mieux les dynamiter avec jubilation – jubilation toutefois très amère. En effet Lu Xun, écrivain classé à gauche

---

[3] Respectivement sous les titres : *Contes anciens à notre manière* et *Contes anciens sur un mode nouveau.*

mais qui de par son éducation classique maîtrisait parfaitement la culture traditionnelle chinoise, considérait que cette dernière avait conduit le pays à la ruine et au servage, et la littérature était pour lui un moyen de réveiller les consciences de son peuple.

*

La rédaction d'*Histoires anciennes, revisitées* s'étale sur les dix dernières années de sa courte carrière littéraire. Il y utilise trois angles d'attaque, très politiques, pour mener à bien sa mission : l'angle linguistique, l'angle sociétal et l'angle culturel.

Lu Xun est en effet l'un des fondateurs de la prose moderne, volontairement rédigée en *baihua*, la langue chinoise vernaculaire, en opposition à l'utilisation du chinois classique, exclusivement écrit[4]. Ce changement, encouragé et suivi par nombre d'écrivains de la génération du 4 mai[5], est, sinon aussi important, du moins du même registre que l'abandon du latin par Luther pour sa traduction de la Bible au début du XVIᵉ siècle.

---

[4] Avec la publication en 1918 du Journal d'un fou (狂人日记 *Kuáng rén rìjì*). Cette nouvelle est d'ailleurs souvent présentée, en France du moins, comme la première nouvelle en baihua de la littérature chinoise moderne. Cependant, l'honneur en revient en fait à deux nouvelles de Mlle Sophia Chen (陈衡哲 *Chén Héngzhé*, 1890-1976) : *Un jour* (一日 Yīrì) et *Gouttes de pluie* (小雨点 *Xiǎo yǔdiǎn*), publiées dès 1917, alors qu'elle étudiait aux États-Unis. De grands romans avaient été rédigés en langue vernaculaire par le passé, mais restaient du domaine de la littérature de divertissement, considérée comme inférieure par les lettrés.

[5] Mouvement nationaliste et de réforme culturelle dont le nom vient des manifestations estudiantines du 4 mai 1919 à Pékin, tenues en protestation contre les dispositions du Traité de Versailles, défavorables aux Chinois, et contre les concessions faites par le gouvernement chinois de l'époque aux Japonais.

En Chine, pour simplifier le propos, en l'absence d'un Livre saint révélé tel que la Bible (les Canons bouddhistes ou taoïstes ne remplissant pas le même office), c'était la langue écrite elle-même, d'ailleurs d'origine magique et divinatoire, qui avait caractère sacré. La revendication du *baihua* comme langue d'expression « sérieuse » est donc, en soi, iconoclaste.

Cependant, quand paraît enfin le recueil intitulé *Histoires anciennes, revisitées* en 1935, le *baihua* a déjà largement remporté la « victoire » sur le chinois classique et le message a donc moins d'impact qu'en 1918, année du *Journal d'un fou*.

L'angle sociétal, c'est le triste constat de la décomposition de la Chine, de sa dépendance et de la misère du peuple, ainsi que de la tyrannie, de l'indifférence et de la corruption des élites. Il est commun à toute l'œuvre de Lu Xun. Le plus célèbre de ses personnages, Ah Q, dans sa bêtise rouée et sa lâcheté, personnifie la Chine à terre dans son entièreté, plutôt qu'un simple paysan illettré. *Histoires anciennes…* fourmille ainsi d'allusions plus ou moins voilées à la situation politique des années vingt et trente, alors que pour tant d'observateurs le gouvernement nationaliste du Guomindang trahit déjà les espoirs qui avaient été placés en lui.

Enfin, l'approche qui sera faute de mieux qualifiée de culturelle est propre, dans la fiction de Lu Xun, à ce recueil, dont les huit nouvelles forment une attaque en règle contre les valeurs du confucianisme et du légisme[6], fondements de la vie en société et du style

---

[6] Le légisme est une des principales écoles philosophiques des Printemps et Automnes et des Royaumes combattants (VIIE au IIIe siècles avant notre ère). Théorie absolutiste, le légisme prônait la prééminence de la Loi et l'application inflexible des peines et des

de gouvernement chinois, mais aussi contre le taoïsme qui est la source de la spiritualité chinoise. Si le bouddhisme n'est pas mentionné, c'est qu'il était sans doute pour l'auteur déjà tellement déconsidéré qu'il ne valait même pas la peine d'être attaqué. Ou tout simplement qu'il sortait du cadre imposé, celui des légendes et des croyances de l'Antiquité chinoise, bien avant l'introduction de cette religion étrangère. Seul le moïsme[7] semble trouver grâce aux yeux de Lu Xun, et encore (cf. la nouvelle *Anti-guerre*) ; peut-être parce qu'il n'a pas eu d'influence notable sur la pensée chinoise après la mort de son fondateur et des premières générations de ses disciples…

Alors qu'aujourd'hui, confucianisme et taoïsme connaissent dans le monde chinois, comme en Occident, un renouveau très marqué (et que le légisme semble être l'inspiration principale du régime de Pékin), il peut nous sembler bizarre qu'un auteur aussi profondément chinois que Lu Xun s'en fasse l'impitoyable détracteur. Il faut revenir, encore, pour le comprendre, aux circonstances qui ont marqué son époque, celle de la période des Seigneurs de la guerre et de l'agression japonaise (soit de 1916 aux années quarante), effets de l'effondrement d'une civilisation plusieurs fois millénaire n'ayant pas su s'adapter. Aussi brutal soit-il, le message de Lu Xun dans ces huit récits va donc au-delà du simple réquisitoire contre la culture ancienne ou les superstitions typiquement chinoises ; il est celui de la critique de l'absolutisme

---

récompenses pour encadrer le comportement de l'Homme, qui n'est pas naturellement porté au Bien.

[7] Autre école, fondée par le philosophe Mozi, basée sur une sorte de pacifisme autoritaire.

engoncé dans les traditions trop figées, celui, universel, de la liberté de pensée. Et il résonne d'autant plus fort qu'aujourd'hui en Chine, les mêmes traditions sont encore une fois déformées et instrumentalisées au profit d'un despotisme certes très modernisé[8].

---

[8] Dans ce cadre, Lu Xun dérange toujours, et après l'avoir longtemps encensé, le pouvoir chinois a commencé en 2007 à retirer ses œuvres de tous les manuels scolaires de littérature. En 2010 c'est Ah Q qui a été victime de cette nouvelle purge. En 2013 encore, la nouvelle *Le Cerf-Volant* (1925) a disparu des programmes ; elle est le message de son auteur contre l'absence de mémoire…

Introduction

de Lu Xun

DE L'INSTANT OÙ j'ai pris la plume, jusqu'à la dernière révision, il se sera écoulé un temps qui peut sembler très long pour un si court recueil : treize années en tout.

J'en avais pourtant terminé le premier récit, *Réparer les cieux*, qui s'appelait alors *La montagne brisée*, dès l'hiver 1922. À l'époque, mon idée initiale était d'écrire des nouvelles en mêlant des thèmes piochés dans l'Antiquité comme dans les temps modernes et j'avais choisi pour commencer la légende de Nieou-Wa fondant les roches pour réparer la voûte céleste. Je m'étais d'abord attelé très sérieusement à la tâche, tentant d'user de théories freudiennes pour expliquer la Création – la création de l'Homme suivie de celle de la Littérature[9]. Mais pour une raison qui m'échappe, j'avais relevé mon pinceau en plein milieu pour aller lire le journal, et par malchance je tombai sur une critique de *La brise des orchidées* de Wang Tch'ing-Tche[10]. Le critique, dont j'ai depuis longtemps oublié

---

[9] Bien que d'abord influencé par Freud, Lu Xun en était venu plus tard à critiquer la psychanalyse.

[10] 蕙的风 *Huì de fēng* : *La brise des orchidées*, recueil de poèmes d'amour publié en août 1922 à la Librairie d'Extrême-Orient de Shanghai, dont Lu Xun a dans un essai défendu l'auteur 汪静之 *Wāng Jìngzhī* face aux critiques l'accusant d'être un représentant de la littérature dégénérée.

le nom, demandait aux jeunes d'un ton suppliant – on sentait les larmes lui perler aux paupières – de s'abstenir à jamais de pondre de tels textes.

Cette pathétique trahison m'avait du coup rendu d'humeur fort taquine, et quand je me remis à écrire, las, voilà que l'image d'un petit bonhomme tout vêtu d'habits antiques ne cessait de m'apparaître, pile entre les jambes de Nieou-Wa. Je m'étais engagé sur la pente glissante qui va du sérieux à la farce, or la farce est l'ennemie jurée de la création ; j'étais très fâché envers moi-même. J'étais alors sur le point de faire publier le manuscrit de *Cris*, et ce fut l'occasion d'y rajouter, tout à la fin, *La montagne brisée*. Celle-ci serait donc la première et dernière nouvelle d'un genre que je décidai dès lors d'abandonner.

Il se trouvait qu'un de nos Maîtres en l'art de la critique, Tch'eng Fang-Wu, agitant sa hache, défendait alors la poterne de la Société de la Création sous la bannière de "L'aventure de l'Âme[11]". Son prompt verdict fut : « coupable de vulgarité », et en quelques coups vigoureux, *Cris* fut proprement exécuté ; seule *La montagne brisée* avait trouvé grâce à ses yeux et il

---

[11] La Société de la Création (创造社 *Chuàngzào shè*), fondée en 1921 au Japon par des étudiants chinois, prônait le romantisme et « l'art pour l'art ». ''L'aventure de l'Âme'' fait référence à la citation d'Anatole France : « La critique littéraire est une aventure de l'âme parmi les chefs-d'œuvre », dont s'inspirait le critique et auteur Cheng. Son jugement porté sur *Cris*, qualifié de « naturalisme vulgaire et frivole », n'a pas vraiment nui au succès de l'œuvre (qui contient *La véridique histoire d'Ah Q*). La Société de Création fut interdite en 1929 par le gouvernement nationaliste ; plusieurs de ses membres éminents (dont Cheng lui-même) avaient en effet changé d'avis et s'étaient radicalisés dans les cinq ans qui précédaient, et rejoignirent plus tard la Ligue des écrivains de gauche fondée en 1930... sous le patronage de Lu Xun.

qualifia cette nouvelle de chef-d'œuvre, bien que présentant encore nombre d'imperfections. Pour parler franchement, non seulement cela ne me satisfit pas, mais j'en vins à regarder de haut les attendus de ce brave. Non pas que je méprise la vulgarité : de fait, je m'y vautre avec délices. Et j'estime que les romans historiques, injustement qualifiés de « romans académiques » en raison de la somme de travail et de pointilleuses recherches qui a permis leur rédaction, sont en fait de véritables tours de force ; alors que les œuvrettes comme la mienne, qui extrapolent à partir de faits pris au hasard et les habillent de quelques touches de couleur, ne demandent pas grand talent. En outre, « un poisson sait si l'eau est chaude ou froide », autrement et vulgairement dit : « Chacun sa merde ». La seconde moitié de *La montagne brisée* était on ne peut plus faible et il n'était pas question qu'elle soit ainsi placée sur un piédestal. Si le lecteur se fiait à la parole de cet « aventurier » il serait induit en erreur, et j'en deviendrais moi-même un escroc. Aussi, dès la seconde édition de *Cris*, La montagne brisée avait-elle disparu. J'avais répliqué à l'expression de « l'âme » par un respectueux coup de gourdin et avais décidé de ne laisser surnager que ma « vulgarité ».

À l'automne 1926, j'habitais seul dans une maison de pierre à Amoy[12] ; je contemplais la mer, je feuilletais des livres anciens sans être dérangé par quiconque —

---

[12] Amoy est le nom dialectal de la ville de Xiamen au Fujian. L'un des cinq ports chinois ouvert aux étrangers en 1842, suite à la première Guerre de l'opium, Amoy accueillait une importante concession britannique depuis 1851, située sur l'îlot aujourd'hui très touristique de Gulangyu en face du port, et une concession internationale depuis 1902. La maison qu'occupait Lu Xun était vraisemblablement l'une des constructions de type européen, car l'architecture chinoise usuelle n'utilisait pas la pierre.

et j'étais pris d'un ennui sidéral. La Société Weiming de Pékin[13] m'écrivait lettre sur lettre pour quémander quelques textes pour son journal. Ce que je désirais surtout, c'était de ne pas m'intéresser au présent. Aussi ne trouvai-je rien de mieux que de rassembler une dizaine de souvenirs épars dans le recueil *Fleurs du matin cueillies le soir* ; et je ressassais de nouveau les vieilles légendes dont je voulais faire les huit récits d'*Histoires anciennes, revisitées*. Mais à peine avais-je écrit *En forgeant les épées* (intitulé alors *Mei Kien-Tch'e*) et *La fuite dans la Lune*, que je dus moi-même m'enfuir vers Canton, et le projet fut une fois de plus remisé pour longtemps. Bien que par la suite des idées me soient venues de temps en temps, que je jetais rapidement par écrit, je n'arrivais jamais à y mettre de l'ordre pour de bon.

C'est aujourd'hui seulement que j'ai enfin, de ce fatras, tiré un vrai livre. Un livre qui comporte encore, il est vrai, des esquisses mal dégrossies qui ne sauraient répondre aux canons de la fiction selon le *Traité sur la littérature*. Plusieurs récits se basent sur des faits historiques, pour d'autres j'ai laissé libre cours à mon imagination. Et comme j'ai pour credo de moins respecter les Anciens que mes contemporains, je crains fort de m'être parfois laissé aller, encore, à la farce. En treize ans, je n'ai décidément fait aucun progrès : il semble que j'en sois resté au niveau de *La montagne brisée*. Mais pour autant que ma prose n'ait pas pour conséquence d'enterrer les morts encore un peu plus, peut-être a-t-elle gagné le droit temporaire d'exister à la marge…

26 décembre 1935

---

[13] Société littéraire fondée par plusieurs auteurs dont Lu Xun en 1925.

Réparer les cieux

Nieou-Wa et son époux Fou-Hi,
démiurges à corps de serpents.

NÜWA[14], l'héroïne bien malgré elle de ce récit, occupe dans la cosmogonie chinoise le rôle de créatrice de l'espèce humaine. Ce rôle est distinct de celui de créateur de l'Univers, qui revient à Pangu, lequel sépara le Ciel et la Terre et dont le corps donna en se décomposant les éléments du paysage. Nüwa est parfois représentée, avec Fuxi qui aurait été soit son frère soit son époux, dotée d'un tronc humain et d'un corps de serpent. La légende crédite Fuxi, entre autres hauts faits, de l'invention ou tout au moins de l'idée de l'écriture chinoise.

Quoi qu'il en soit, les mythes qui évoquent ces "créateurs" sont relativement tardifs et n'ont en aucun cas le caractère absolu des genèses présentes dans nombre de religions. Nüwa apparaît, entre le Ve et le IIe siècle avant notre ère, dans le Classique des Monts et des Mers, *ouvrage aussi ésotérique que géographique, et est également présente dans quelques autres ouvrages classiques à peu près contemporains. Le taoïsme, succédant aux religions shamaniques chinoises originelles, n'a pas repris à son compte les légendes cosmogoniques peuplées d'innombrables êtres divins. Il n'y a jamais eu, dans l'Antiquité, de culte pour ces démiurges équivalent au culte des Ancêtres royaux ou à celui du Ciel. Si par la suite il a existé quelques temples consacrés à Pangu, Nüwa et Fuxi, ce fut au même titre que pour les autres innombrables divinités, demi-dieux et humains divinisés autorisés par la très large tolérance du syncrétisme chinois, ce qui n'empêcha pas bon nombre de penseurs chinois, au cours des siècles, tout comme les Occidentaux plus tard, de les classer d'autorité au chapitre des superstitions.*

Lu Xun est, bien sûr, de ceux-là ; dans ce récit les créatures de Nüwa lui échappent et elle est confrontée à la rancune, à la mesquinerie et à l'oubli, rançons trop fréquentes de la gloire humaine bien plus que divine... Le titre de la nouvelle vient de l'un des exploits légendaires de la déesse : la réparation de la

---

[14] 女娲, pinyin *Nǚwā*, EFEO Nieou-Wa, également appelée Nügua.

voûte céleste abîmée après que le géant Kanghui[15] *eut été vaincu au cours de la première guerre qu'aurait connue l'humanité, et se fut jeté contre l'un des piliers qui la soutiennent. Évitant ainsi que le Ciel ne tombe sur la tête des hommes (préoccupation ô combien commune à tant de nos ancêtres !), Nüwa est en même temps celle qui sauva l'humanité et première ministre des Travaux Publics. Mais elle ne sera pas, c'est le moins qu'on puisse en dire, payée de retour…*

Un

NIEOU-WA SE RÉVEILLA en sursaut. Tout comme si elle avait été arrachée à un rêve dont elle ne se souviendrait déjà plus clairement. Elle fut d'abord prise d'un sentiment de contrariété, d'incomplétude, auquel se mêla pourtant bientôt l'impression que quelque chose était de trop. Une douce brise stimulante s'emparait de son énergie et en répandait la tiédeur sur tout l'univers.

Elle se frotta les yeux.

Le ciel aux teintes rosâtres était piqueté d'étoiles scintillantes qui jouaient à cache-cache avec d'innombrables nuages filandreux d'un vert minéral. Le Soleil perçait de mille rayons de sanglants nuages bas sur l'horizon, comme une sphère d'or liquide emprisonnée de toute éternité dans la lave. Mais à l'opposé, la Lune brillait d'une lueur blanche et froide comme le fer.

---

[15] 康回, pinyin *Kānghuí*, ou 共工 *Gònggōng*, créature légendaire responsable de diverses catastrophes naturelles des temps les plus reculés, dont le déluge qui est aussi l'objet de la troisième nouvelle du recueil, *Dompter les flots*.

Nieou-Wa se fichait bien de savoir lequel des deux se couchait ou se levait.

La Terre était vert tendre. Même les sapins et les cyprès, qui si rarement renouvelaient leur feuillage, semblaient s'être concertés pour resplendir de fraîcheur.

De près, elle pouvait distinguer chacun des pétales rose pêche et bleu-blanc du tapis de fleurs pas plus grosses que des pois, qui se confondaient plus loin en un brouillard bariolé.

« Aïe aïe aïe, jamais je ne me suis autant ennuyée ! » songea-t-elle avant de bondir debout sur ses pieds. Elle bâilla et s'étira, levant au ciel ses bras ronds et pleins, débordants de vigueur. Le ciel réagit en pâlissant encore jusqu'à un rose chair prodigieux et pendant un temps la silhouette de Nieou-Wa s'y perdit, indistincte.

Sous ce ciel de chair, elle marcha jusqu'à la mer et chaque courbe de son corps se noya dans les flots roses tandis que de son bas-ventre irradiait une lueur blanche et pure. Les vagues, surprises, se levèrent en mesure et vinrent l'asperger de leurs fleurs d'écume. Son reflet d'un blanc intense dansait à la surface de la mer et donnait l'impression que son corps allait se désagréger de tous côtés. Mais Nieou-Wa n'en tint aucun compte ; comme malgré elle, elle mit un genou à terre. Elle tendit les mains et ramassa un peu de boue molle qu'elle pétrit et malaxa, s'y reprenant à plusieurs fois. Sur ses paumes reposait une chose minuscule qui était presque à son image.

« Ah, ah ! » Stupéfaite, elle avait plus ou moins conscience qu'elle l'avait elle-même façonnée, mais se demandait si la chose ne préexistait pas dans la boue avant qu'elle ne la ramasse, comme un tubercule de patate douce.

Mais cette surprise l'enchantait et elle reprit sa tâche hardiment avec une joie qui lui était inconnue jusqu'alors, et elle imprégnait ses créations de son souffle oppressé et de sa sueur.

« Nga ! Nga ! » se mirent à crier les petits êtres de boue.

« Ah, ah ! » Saisie une fois de plus, elle sentit que de chacun de ses pores s'échappait – elle ne savait quoi. Bientôt le sol autour d'elle fut recouvert d'une nuée laiteuse. Elle se reprit et les petites choses se turent également.

« Akon ! Agon ! » reprirent certaines en s'adressant à elle.

« Ah ah ! Qu'ils sont mignons mes bébés ! » Elle les scruta, puis tendit un doigt taché de boue pour caresser l'un des visages ronds et blancs.

« Uvu, ahaha ! » Ils éclatèrent de rire. C'était la première fois qu'elle entendait rire dans tout l'univers, et pour la première fois elle rit aussi, à gorge déployée.

Et tout en continuant à les chatouiller, elle se remit au travail et ses créatures formaient un cercle autour d'elle. Mais elles s'éloignaient d'elle peu à peu et jacassaient de plus belle. Elle les comprenait de moins en moins et bientôt n'eut plus l'impression de n'avoir aux oreilles qu'un brouhaha de clameurs qui lui faisaient un brin tourner la tête.

La fatigue arriva vite, mais son enthousiasme la porta plus longtemps encore. Son souffle s'épuisait, sa sueur se tarissait et le vertige la prenait. Les yeux voilés, les joues en feu, elle finit par se lasser et s'impatienter. Et pourtant elle continuait sans répit, modelant et pétrissant dans un état second.

Finalement des courbatures dans les reins la forcèrent à se relever. Elle prit appui sur une haute et lisse montagne et tourna le visage vers le ciel. Partout s'étalaient des nuages blancs en écailles de poisson tandis que le sol était couvert de verdure si foncée qu'elle en paraissait noire. Elle se sentait confusément insatisfaite et ne pouvait en saisir la cause. Énervée, elle tendit le bras, tira au hasard et arracha un pied de glycine qui jaillissait du flanc de la montagne jusqu'aux confins du ciel, couvert de touffes de gigantesques fleurs pourpres tout juste écloses. Elle le brandit et en frappa à plat le sol qui se retrouva jonché de pétales pourpres et blancs. D'un geste du poignet, elle retourna le pied de glycine dans la boue et dans l'eau, projetant dans les airs des particules de terre humide dont chacune donna aussitôt naissance en arrivant au sol à une petite chose semblable à celles qu'elle avait jadis façonnées de sa propre main. Mais ces nouveaux êtres avaient l'air bornés et obtus et leurs regards chafouins la dégoûtèrent quelque peu. Aussi s'en désintéressa-t-elle pour passer, excitée et agacée, à un nouveau tour : elle agitait le pied de glycine, de plus en plus vite, et la plante chargée de boue s'enroulait sur elle-même en se tortillant comme un serpent-tigre[16] ébouillanté. Les gouttes de boue, projetées loin de la tige en une pluie d'orage, se métamorphosaient en plein vol en autant de petites créatures vagissantes qui se mettaient à ramper en tous sens dès qu'elles touchaient terre.

Sans presque y prêter attention, Nieou-Wa continuait à secouer la glycine mais en plus de ses douleurs à la

---

[16] 赤练蛇 *chìliànshé* : Rhabdophis tigrinus. Espèce de serpent courante en Asie orientale. Il n'existe pas de nom français.

taille et aux jambes ses bras se vidaient de leur énergie. Alors elle s'accroupit et appuya sa tête contre la montagne ; ses cheveux d'un noir de laque en recouvraient le pic. Elle reprit haleine, poussa un petit soupir et ferma les deux yeux. Le pied de glycine géant lui tomba de la main et, comme s'il était autant qu'elle exténué, s'allongea paresseusement sur le sol.

Deux

BRRRRAAAOUMMM !!! Dans un fracas de fin du monde, Nieou-Wa fut arrachée à son sommeil et se sentit dévaler la pente en direction du sud-est. Elle lança ses pieds à la recherche d'un quelconque appui, mais ne trouva rien. Elle dut en toute hâte tendre les bras et se cramponner à la cime de la montagne pour enfin enrayer sa périlleuse glissade.

Derrière elle, des gifles d'eau mêlée de sable déboulaient en rouleaux pour la frapper à la tête et au flanc avant de la dépasser. Elle tenta de tourner la tête et eut aussitôt la bouche et les oreilles remplies d'eau. Elle rentra en toute hâte la tête dans les épaules et vit que la terre tremblait et vacillait sous elle. Par chance le tumulte se calma bientôt ; Nieou-Wa se redressa, s'assit bien d'aplomb et alors seulement essuya d'une main l'eau qu'elle avait sur les tempes et au coin des yeux. Puis elle observa en détail ce qui se passait.

La situation était loin d'être claire. La terre disparaissait sous les flots qui rugissaient comme des chutes d'eau. Ça devait être l'océan, puisque çà et là s'élevaient des vagues formidables.

Il ne lui restait plus qu'à attendre, passive et hébétée.

Un grand calme revint finalement. Les vagues n'atteignaient plus comme auparavant la taille de véritables montagnes, et là où auraient dû se trouver les continents perçaient par endroits quelques arêtes rocheuses. Nieou-Wa regarda la mer ; elle aperçut des montagnes flottantes qui convergeaient vers elle en se livrant à de folles girations sur la crête des vagues. Elle eut peur qu'elles ne lui écrasent les pieds et tendit les mains pour interrompre leur course. Elle vit alors que dans les cols et les vallées qui les parcouraient s'entassaient des grappes de petites créatures qu'elle n'avait encore jamais vues.

De la main, pour mieux les examiner, elle ramena à elle les montagnes flottantes. Elle constata que le sol autour de ces corpuscules était parsemé aléatoirement de vomissures qui ressemblaient à de la poudre d'or et de jade mélangée aux restes déglutis d'aiguilles de conifères et de chair de poisson. Les créatures levèrent l'une après l'autre la tête vers elle, lentement ; Nieou-Wa qui les contemplait en retour, les yeux écarquillés, constata que leurs corps étaient bizarrement recouverts d'une matière inconnue. Ce n'est qu'à grand-peine qu'elle comprit qu'il s'agissait bien des mêmes petits êtres auxquels elle avait donné vie naguère. Certains arboraient au bas de leur visage de longs poils blancs comme neige, collés par l'eau de mer en forme de feuille de tremble très effilée.

« Ah, ah ! » s'écria-t-elle, surprise et effrayée. Elle en eut la chair de poule comme si elle avait touché une chenille urticante.

« Ô Suprême Immortelle, au secours !... éructa l'une des créatures aux longs poils blancs, relevant la tête entre deux dégueulis. Venez à notre secours ! Vos sujets... se consacrent à la recherche de l'immortalité. Qui eût cru... que cette catastrophe frapperait ! Le Ciel et la Terre se sont effondrés... Mais une heureuse fortune... nous met en votre présence, ô Immortelle ! Sauvez... nos vies insignifiantes... et accordez-nous l'é... l'élixir de longue vie ! » Et elle se jeta dans un étrange manège consistant à lever et baisser la tête jusqu'à terre en cadence.

Nieou-Wa n'y comprenait rien. « Comment ? » ne put-elle que répondre.

D'autres qui pourtant continuaient à rendre tripes et boyaux se mirent eux aussi à parler, à proférer à leur tour des « Être suprême » par ci, des « Immortelle » par là, puis adoptèrent la même curieuse attitude. Nieou-Wa les trouvait fichtrement fastidieux et regretta d'avoir attiré à elle, sans rime ni raison, de tels ennuis. Elle regarda tout autour d'elle, désespérant de trouver le moyen de se tirer de ce mauvais pas, et vit enfin une troupe de tortues géantes batifolant à la surface de la mer. Plus heureuse et soulagée qu'elle ne l'eût cru possible, elle souleva les montagnes et les déposa sur les carapaces des monstres marins auxquels elle ordonna :

« Emmenez-les jusqu'à un endroit un peu plus tranquille ! »

Les tortues semblèrent hocher leur énorme tête et s'éloignèrent en formation. Mais Nieou-Wa avait été trop brutale en rapprochant d'elle les montagnes et l'un des vieux barbichus en avait dégringolé ; et maintenant, incapable de rattraper les autres ou de nager, il se jeta à terre au bord de la mer et se flanquait des gifles à lui-même. Nieou-Wa le prit en pitié mais préféra l'ignorer, car elle n'avait pas du tout le temps de se préoccuper de ce genre de choses.

Elle expira longuement et se sentit libérée d'un poids certain. Elle posa son regard sur ses environs immédiats : l'eau s'était largement retirée, partout émergeaient de larges étendues de terre caillouteuse et dans les crevasses entre les roches se blottissaient toujours plus de ces créatures, certaines parfaitement immobiles, d'autres se mouvant encore. Elle vit que l'une d'elles, les yeux blancs, la regardait d'un air ahuri. Celle-ci était recouverte sur tout le corps de plaques de fer et sur son visage se lisaient le désespoir et la peur.

« Que s'est-il donc passé ? demanda-t-elle sans avoir l'air d'y toucher.

— Hélas, le Ciel nous est tombé sur la tête ! répondit l'autre sur un ton pathétique. Tchouang Hiu[17] a abandonné la Voie et s'est rebellé contre notre Souverain. Sa Majesté a voulu appliquer en personne le châtiment du Ciel et a livré bataille en rase campagne. Mais le Ciel ne s'est pas rangé du côté de la Vertu ! Mon armée a dû battre en retraite...

— Comment ? Nieou-Wa n'avait jamais entendu quoi que ce soit d'aussi insensé et elle en restait abasourdie.

— Mon armée a battu en retraite et Sa Majesté s'est précipitée tête la première contre la montagne

---

[17] Tchouang Hiu, 颛顼 *pinyin Zhuānxū*, l'un des Cinq Souverains ancêtres mythiques du peuple chinois, petit fils de l'Empereur Jaune, mène la révolte contre le géant K'ang Houei (康回 *pinyin Kānghuí)*, lui-même sans doute incarnation des pires menaces planant sur les premiers Han, qu'il s'agisse des phénomènes naturels qui frappaient régulièrement la plaine du Fleuve jaune ou des tribus barbares qui les encerclaient (sans forcément toujours beaucoup s'en différencier, au moins dans les premiers temps).

Pou-Tcheou. Elle a renversé les colonnes du Ciel et coupé les cordes qui retenaient la Terre ! Elle en est morte, hélas ! telle est la vérité.

— Ç'en est assez ! Je ne comprends rien à ce que tu me racontes. »

Nieou-Wa détourna le regard et tomba sur une autre créature recouverte de plaques de fer, mais dont le visage était fier et radieux.

« Que s'est-il donc passé ? »

Elle avait compris que ces insignifiantes créatures pouvaient arborer des expressions très changeantes et pensait donc qu'il serait possible d'obtenir enfin des réponses intelligibles à ses questions.

« Les hommes ont perdu la sincérité de jadis. K'ang Houei, plus cupide qu'un porc, a indûment convoité le Trône, aussi notre Souverain a-t-il dû appliquer en personne le châtiment du Ciel et livrer bataille en rase campagne. Le Ciel a soutenu la Vertu, notre armée s'est révélée invincible et a mis fin aux jours de K'ang Houei sur la montagne Pou-Tcheou.

— Comment ? Nieou-Wa ne comprenait pas plus qu'avant.

— Les hommes ont perdu la sincérité de jadis...

— Assez ! C'est toujours le même charabia ! »

De colère, le rouge lui monta aux joues et lui empourpra les oreilles. Elle tourna les talons et partit ailleurs chercher ses réponses. À grand-peine elle trouva un de ces petits êtres qui ne portait pas, lui, de plaques de métal. Il était d'ailleurs presque nu, à l'exception d'un bout de tissu déchiré autour des reins, et était couvert de blessures qui saignaient encore. À l'approche de Nieou-Wa il arracha un autre bout de tissu à l'une des autres créatures immobiles et s'en ceignit en hâte la taille, tout en gardant une expression des plus dignes.

Elle crut qu'il était d'une espèce un peu différente de ceux couverts de fer et qu'elle devrait pouvoir commencer à dénouer le fil de ce mystère. Elle demanda :

« Alors, que s'est-il donc passé ?

— Ce qu'il s'est passé... dit-il en hochant la tête.

— Oui, tout ce tapage, là, qu'est-ce que c'était ?

— Tout ce tapage ?

— Est-ce que c'était la guerre ? Elle en était réduite à établir ses propres conjectures.

— La guerre ? » dit-il en écho.

Nieou-Wa inhala une bouffée d'air froid et leva le visage au ciel. Au-dessus d'elle la voûte céleste était traversée d'une immense crevasse, large et profonde. Elle se dressa et la frappa d'une chiquenaude : le ciel rendit un bruit très semblable à celui d'un bol brisé. Elle fronça les sourcils, jeta des regards tout autour d'elle, réfléchit un moment. Puis elle essora ses cheveux trempés et les répartit sur ses deux épaules. Pleine d'une nouvelle motivation, elle partit cueillir des roseaux : elle avait décidé de réparer ce qui pouvait l'être. Après, elle verrait.

De ce moment, elle passa ses jours et ses nuits à entasser des tiges de roseaux. Et plus le tas grandissait, plus elle s'amaigrissait – les circonstances avaient changé. Quand elle levait les yeux au ciel, elle voyait la voûte céleste tout de guingois ; quand elle baissait la tête, elle voyait la terre souillée et salie. Il n'y avait plus rien qui puisse lui réjouir ni le cœur ni les yeux.

Le tas de roseaux atteignit enfin la crevasse. Elle partit alors à la recherche de pierres d'azur. Elle pensait d'abord se servir de ces pierres de la couleur du ciel, mais on n'en trouvait pas tellement sur la terre, et elle ne souhaitait pas abattre les montagnes. Elle dut s'aventurer dans les régions les plus peuplées pour en trouver des fragments. Elle n'y recevait que moqueries et insultes, ou bien on lui reprenait sa récolte en lui mordant la main. Elle dut se résoudre à utiliser aussi quelques pierres blanches et comme celles-ci n'y suffisaient pas non plus elle y mêla des morceaux de roche orange ou gris noir. Finalement la crevasse fut peu ou prou comblée ; il ne restait plus qu'à mettre le feu au tas de roseaux pour fondre le tout et sa tâche serait terminée. Mais elle était tellement fatiguée que ses yeux papillotaient, ses oreilles bourdonnaient, ses membres ne la soutenaient plus.

« Aïe aïe aïe ! Jamais je ne me suis autant ennuyée ! » dit-elle pantelante en s'asseyant sur le sommet d'une montagne, la tête posée sur ses deux mains.

L'incendie qui ravageait l'antique forêt des monts K'ouen-Louen n'était pas encore éteint et l'horizon occidental était uniformément rouge sang. Elle lorgna en direction de l'Ouest et décida d'y prélever un grand arbre enflammé pour allumer son feu. Elle allait tendre la main quand elle sentit que quelque chose lui piquait un orteil.

Elle baissa les yeux : ce n'était autre qu'une de ses créatures, mais encore une fois bizarrement accoutrée. Celle-ci était attifée de ce qui ressemblait à une lourde étoffe drapée autour du corps et à sa taille pendaient plus d'une dizaine de bandes de tissu, sa tête était recouverte d'une autre matière indéfinissable et au-dessus de tout cela trônait au sommet du crâne une petite plaque rectangulaire d'un noir de jais.

Ladite créature se tenait entre les jambes de Nieou-Wa et regardait vers le haut, tenant en main un objet plat dont elle se servait pour lui asticoter le doigt de pied. Quand elle vit que Nieou-Wa l'avait aperçue, elle leva à deux mains au-dessus de sa tête cet objet plat. Nieou-Wa l'accepta. C'était une lamelle de bambou vert très lisse sur laquelle s'alignaient deux rangées de mouchetures noires, plus fines encore que les nervures des feuilles de chêne. Elle admira au plus haut point l'exquise délicatesse de ce travail.

Sa curiosité éveillée, elle ne put s'empêcher de demander :

« Qu'est-ce que c'est que ça ? »

L'être à la plaque rectangulaire désigna du doigt l'objet en bambou et récita à toute vitesse :

« Votre nudité et votre attitude dissolue offensent la vertu, méprisent les rites et dépassent les limites de la tolérance ! Vous témoignez d'un comportement de bête sauvage. L'État a des châtiments prévus tout exprès pour ce genre de transgressions ! »

Nieou-Wa fit les gros yeux à la plaquette et se dit en riant intérieurement qu'elle avait bien tort de poser des questions. Bavarder avec ces êtres n'était décidément qu'un dialogue de sourds. Aussi ne répondit-elle même pas. Elle reposa la tablette de bambou sur la plaque rectangulaire et se remit à sa tâche. D'un geste de la main elle arracha un grand tronc d'arbre du sein de la forêt en flammes et l'approcha de la base de son tas de roseaux.

Soudain elle crut percevoir une voix qui poussait des « ouin, ouin ! », et comme elle n'avait jamais entendu cet étrange bruit, derechef elle jeta un coup d'œil vers sa source. Elle vit que dans les yeux minuscules de l'être au bonnet rectangulaire perlaient deux larmes rondes plus petites encore que des graines de moutarde. Et comme ce bruit était très différent des « nga, nga » du début auxquels elle s'était habituée, elle ne put deviner qu'il s'agissait aussi d'une sorte de sanglot.

Alors elle alluma son feu en plusieurs endroits.

Le feu n'était pas des plus vifs car les roseaux n'avaient pas eu le temps de vraiment sécher. Mais il vrombissait malgré tout de façon très satisfaisante et au bout d'un assez long moment d'innombrables langues de flammes léchaient le Ciel, s'étirant et se rétractant tour à tour. Peu à peu les flammes se fondirent en une fleur fabuleuse à doubles pétales, puis en une seule colonne de feu qui noya la lueur rougeâtre en provenance des monts K'ouen-Louen. Un grand vent se leva d'un coup. La colonne de feu se mit à tourbillonner en rugissant, portant au rouge incandescent aussi bien les pierres bleues que celles d'autres couleurs : on eût dit un sirop poisseux répandu sur toute l'étendue de la crevasse ou bien un éclair zébrant le ciel sans jamais s'estomper.

Le souffle du vent et de l'incendie fit virevolter la chevelure de Nieou-Wa, la sueur ruisselait en cascade de tous ses pores, les flammes immenses mettaient en relief chaque courbe de son corps, offrant à l'univers ses derniers reflets de couleur chair.

La colonne de feu dévora petit à petit le tas de roseaux et ne laissa que cendres derrière elle. Nieou-Wa attendit que le Ciel eut retrouvé sa couleur d'azur et leva la main pour juger des résultats. Sous ses doigts elle sentit que la surface de la voûte céleste était encore très inégale.

« Je reprends un peu de force et je m'y remets... »
se dit-elle.

Elle courba la taille pour ramasser à deux mains les
cendres de roseaux et les répandre sur les terres
encore inondées. Les cendres étaient encore brûlantes
et, en sifflant, portèrent d'un coup l'eau à ébullition,
aspergeant Nieou-Wa de gouttes grisâtres sur tout le
corps. Le vent refusait de se calmer et l'assaillait,
chargé de cendres lui aussi, la recouvrant d'un
uniforme manteau gris.

« Ha ! » dit-elle en exhalant son dernier souffle.

Le Soleil perçait de mille rayons de sanglants
nuages bas sur l'horizon, comme une sphère d'or
liquide emprisonnée de toute éternité dans la lave. À
l'opposé, la Lune brillait d'une lueur blanche et froide
comme le fer. Mais Nieou-Wa ne savait pas lequel se
levait ni lequel se couchait. À ce moment, son
enveloppe charnelle, qu'elle avait entièrement épuisée,
s'allongea au milieu de ce grand tout et cessa de
respirer.

Trois

UN JOUR, ALORS QUE régnait un froid glacial, un
grand tintamarre retentit. Les troupes d'élite
impériales avaient attendu que la lueur de l'incendie et
les tourbillons de poussière disparaissent pour enfin
s'avancer impétueusement. Ce qui expliquait leur
retard. Les soldats portaient au côté gauche une hache
jaune, au côté droit une hache noire, et en arrière-
garde progressait un étendard immense et très antique.

Leur offensive progressa par bonds et par feintes jusqu'aux abords de la gigantesque carcasse de Nieou-Wa, où ils comprirent qu'elle était définitivement immobile. Ils montèrent leur camp sur le ventre du cadavre à un emplacement qu'ils choisirent intelligemment comme l'endroit le plus fertile. Sur quoi ils changèrent brusquement de ton pour déclamer qu'ils étaient les descendants en ligne directe de Nieou-Wa et durent en conséquence remplacer les caractères de leur grand étendard dont la calligraphie sinuait comme autant de têtards : on y lisait désormais « Entrailles du clan de Nieou-Wa ».

Le vieux maître taoïste abandonné sur le rivage en avait profité pour laisser derrière lui d'innombrables générations de disciples. À l'approche de la mort, il avait finalement décidé de transmettre son primordial savoir : le devenir des Immortels qui avaient été emmenés sur le dos des tortues géantes. Et ses disciples l'avaient transmis à leurs disciples, et bien plus tard un savant occultiste avait reçu l'insigne faveur de rapporter cet enseignement au Premier Empereur des Ts'in, qui avait en retour ordonné au savant de partir à leur recherche. Le savant n'avait pas trouvé la montagne aux Immortels et le Premier Empereur des Ts'in avait fini par mourir. L'Empereur Wou des Han avait lui aussi dépêché une expédition exploratoire, mais l'on n'avait pas déniché la queue d'un Immortel[18].

Peut-être les tortues géantes n'avaient-elles rien compris à l'ordre que leur avait donné Nieou-Wa et

---

[18] Lu Xun réinterprète ainsi d'une façon bien cavalière l'origine du mythe des îles des Immortels, ou Mont Penglai (蓬萊山), perdues quelque part au large des côtes chinoises dans le golfe du Bohai, que plusieurs empereurs chinois se sont efforcés de trouver dans l'espoir d'y découvrir (à leur profit) le secret de la vie éternelle.

n'avaient-elles hoché la tête au bon moment que par
pure coïncidence ? Après avoir un temps trimballé
leur fardeau sans but précis, elles s'étaient égayées pour
dormir et les montagnes avaient disparu avec elles
dans les abysses. Aussi jusqu'à nos jours, personne n'a
jamais entr'aperçu ne serait-ce que la moitié d'une
montagne d'Immortels — au mieux a-t-on découvert
quelques chapelets d'îles peuplées de sauvages.

Novembre 1922

La fuite dans la Lune

L'archer Yi, tueur de monstres et de soleils,
cavalier émérite et mari fort marri

LA FUITE DANS LA LUNE *est l'histoire d'un héros qui a du mal à être après avoir été, et de sa tendre épouse qui s'étiole. Son héros est l'un des plus populaires de la mythologie chinoise ; il s'agit de Yi* 羿 *, plus connu sous le nom de Houyi* 后羿 *, ou de Yiyi* 夷羿 *. Ce dernier nom semble suggérer, comme certaines sources anciennes l'affirment, que Yi est issu de l'une des tribus de « barbares de l'Est », regroupées sous le nom générique de Dongyi* 东夷 *ou « Yi orientaux », qui vivaient aux marges de la Grande Plaine centrale, voire entremêlés aux Huaxia, ancêtre des Han.*

Les exploits attribués à Houyi sont fort nombreux. Le moindre n'est pas d'avoir sauvé l'humanité entière en abattant à l'arc, sur les ordres du très sage Empereur Yao[19]*, neuf des dix soleils qui avaient décidé par caprice de se lever en même temps et menaçaient de brûler tout ce qui vivait sur Terre. Ensuite, diverses légendes attribuent à Yi nombre d'exploits et de monstres éliminés ; il peut donc être considéré comme une sorte d'Hercule chinois et connaîtra comme lui une fin tragique, des mains de l'un de ses disciples plutôt qu'à cause d'une femme jalouse. Non pas que Houyi ait toujours été heureux en amour, comme le prouve le récit qui suit ; et ceci bien qu'il ait épousé la si merveilleuse Tch'ang-Ngo*[20]*…*

---

[19] 尧 *Yáo*, environ 2300 ans avant notre ère selon l'historiographie chinoise, est l'un des « Cinq souverains » civilisateurs. Yao aurait inventé le jeu de go et remis le pouvoir à son ministre Shun (qui apparaît dans la nouvelle *Dompter les flots*), plutôt qu'à son fils incapable et dégénéré.

[20] 嫦娥 *Cháng'é,* parfois présentée comme la fille d'un dieu du Fleuve, est l'une des « Quatre grandes beautés de légende », avec Nieou-Wa, créatrice de l'espèce humaine (cf la nouvelle *Réparer les cieux*), Hsi-Wang-Mou la Reine-mère d'Occident et Sou-Niu.

Un

IL EST AVÉRÉ que les animaux intelligents perçoivent l'humeur de leur maître et s'y conforment.

Dès qu'il aperçut le portail du manoir, le cheval ralentit l'allure et baissa la tête à l'image de son cavalier. Il avançait pas à pas, lourdement, balançant sa puissante encolure comme s'il pilait le grain.

Le crépuscule enveloppait déjà la grande demeure et une épaisse fumée noire s'élevait des communs. C'était l'heure du dîner. Les gardes étaient sortis au bruit des sabots du cheval et se tenaient alignés devant le portail, le dos raide et les bras ballants. Avec lassitude, Yi descendit de cheval près d'un tas d'ordures et confia aux gardes ses rênes et sa cravache. Alors qu'il allait franchir le seuil, il baissa les yeux sur son carquois encore plein de flèches toutes neuves, sur les trois corbeaux noirs dans le filet pendu à sa taille et sur le petit moineau au corps meurtri. Son cœur était rongé par le doute. Enfin il reprit courage et se décida, allant de l'avant à grandes enjambées. Les flèches tressautaient dans le carquois, battant d'un son clair le rythme de ses pas.

En arrivant dans la cour intérieure, il vit Tch'ang-Ngo passant la tête par l'une des fenêtres circulaires. Il savait que son œil vif avait sûrement déjà repéré les quelques corbeaux pendus à sa ceinture. Une appréhension incontrôlable l'arrêta net dans sa marche — mais il ne pouvait faire autrement que d'avancer et de rentrer chez lui. Les femmes de chambre vinrent à sa rencontre et le débarrassèrent de son arc, de ses flèches et de sa gibecière. Il eut l'impression qu'elles souriaient toutes douloureusement.

« Madame… » appela-t-il en franchissant le seuil de la chambre après s'être essuyé le visage et les mains.

Tch'ang-Ngo contemplait le crépuscule par la fenêtre ; elle se retourna lentement sans répondre et son regard, lui sembla-t-il, l'effleura sans le voir.

Plus d'un an déjà que Yi se heurtait à ce mur et il en avait l'habitude. Il pénétra dans la pièce et s'assit en face d'elle sur une couche recouverte d'une veille peau de panthère pelée. Il se gratta le cuir chevelu et balbutia :

« La journée n'a pas été très faste, je n'ai attrapé que des corbeaux…

— Peuh ! Tch'ang-Ngo arqua ses fins sourcils, se leva et sortit en coup de vent. Les reproches se bousculaient dans sa bouche : encore et toujours des nouilles à la viande de corbeau ! Va donc voir ailleurs, si l'on n'y mange que des nouilles au corbeau depuis plus d'un an ? Par quel malheureux tour du destin suis-je entrée dans cette famille où l'on sert du corbeau, repas après repas sans discontinuer ?

— Femme, dit Yi à voix basse en se redressant précipitamment pour lui emboîter le pas, aujourd'hui j'ai eu un peu plus de chance et j'ai aussi abattu un moineau que tu pourras avoir pour dîner. La Huit ! »

Il appela l'une des domestiques[21] d'une voix forte

---

[21] Les domestiques sont nommées 女辛, 女乙 et 女庚, ce qui signifie Fille n° 8, Fille n° 2 et Fille n° 7. Dans la Chine ancienne (jusqu'au milieu du XXe siècle…), il était fréquent que les personnes de basses extraction n'aient pas de réel prénom, mais seulement des numéros pour les distinguer de leurs frères et sœurs. Les caractères 辛 *xīn*, 乙 *yǐ* et 庚 *gēng* sont les 8e, 2e et 7e des « dix troncs célestes » 天干 *tiāngān*, lesquels, associés au « douze branches terrestres » 地支 *dìzhī*, permettent par combinaison de former le cycle sexagésimal traditionnel du calendrier chinois, et, par extension, servent à numéroter et à lister, comme a), b), c)… ou 1), 2) en français.

et lui ordonna de venir présenter le cadavre du moineau. Le gibier était déjà aux cuisines. La Huit courut y récupérer le moineau et, portant l'oiseau dans ses deux mains, vint le mettre sous les yeux de Tch'ang-Ngo.

« Humph ! grogna cette dernière en y jetant un coup d'œil. Elle daigna tendre une main pour le tripoter et commenta sur un ton désabusé : quel gâchis ! Il est complètement réduit en miettes. Où est passée la viande ?

— En effet, c'est ma flèche... Mon arc est trop puissant, les pointes sont trop lourdes pour ce genre de prise, dit son mari anxieux.

— Ne peux-tu pas utiliser des pointes un peu plus petites ?

— Je n'en ai pas. Depuis que j'ai tué le Grand Sanglier et le Long Serpent...

— Où donc vois-tu un sanglier et un serpent ? s'exclama-t-elle. Elle se tourna vers la Huit : Mets ça dans le bouillon ! »

Puis elle se retira dans sa chambre.

Yi resta seul dans la grande salle, hébété. Le dos au mur, il se laissa glisser en position assise et écouta le crépitement des bûches qui brûlaient dans les cuisines. Il se remémora comment cette année-là le Grand Sanglier lui était apparu, aussi imposant qu'une petite montagne dans le lointain, et se dit que si seulement il ne l'avait pas abattu alors, mais attendu l'heure présente, il pourrait se nourrir de son cadavre pendant au moins six bons mois et serait débarrassé de tout souci de ravitaillement. Et puis il y avait le Long Serpent, dont il aurait pu faire une soupe épaisse...

La Deux vint allumer les lampes. Pendus au mur d'en face émergèrent de la semi-pénombre l'arc en bois rouge vif, les flèches rouges, l'arc et les flèches noires, son arbalète au subtil mécanisme, son épée longue et son coutelas. Yi leur jeta un œil puis courba la nuque et soupira. Il remarqua à peine la Huit qui apportait le repas du soir et le posait sur la longue table centrale. À gauche, cinq grands bols de nouilles ; à droite, deux bols vides et un pot de bouillon. Au centre, un grand bol de sauce faite de la viande frite des corbeaux.

Yi se forçait à avaler les nouilles au corbeau qu'il trouvait lui-même écœurantes. Il jeta un regard en douce à Tch'ang-Ngo qui ignorait complètement la sauce et se contentait de noyer ses nouilles dans le bouillon. Elle avala à peine la moitié d'un bol avant de le mettre de côté. Son visage plus hâve encore qu'auparavant lui fit craindre qu'elle ne soit tombée malade.

À la seconde veille[22] elle sembla se détendre un peu. Elle s'assit au bord du lit et but quelques gorgées d'eau. Yi s'installa sur la couche de bois à côté du lit, ses doigts triturant la peau de panthère qui perdait ses poils.

« Ah, dit-il d'un ton affable, cette panthère ! Nous l'avons attrapée avant même notre mariage, dans les Monts de l'Ouest. Te rappelles-tu comme elle était belle alors, avec sa fourrure toute dorée… »

L'évocation lui fit revenir en mémoire les festins de cette époque, quand, d'un ours, ils se permettaient

---

[22] Selon la façon traditionnelle de compter le passage du temps, la nuit est divisée en cinq veilles de deux heures chacune ; la seconde veille va d'environ 9h à 11h du soir.

de ne manger que les quatre paumes, ou d'un chameau seulement les bosses. Tout le reste était généreusement distribué aux femmes de chambre et aux gardes. Plus tard, quand il eut abattu tout le gros gibier, ils étaient passés aux cochons sauvages, aux lièvres et aux faisans. Il restait de première force à l'arc et tuait autant de bêtes qu'il en voulait.

« Aaaaah, soupira-t-il inconsciemment. À cause de mes si admirables talents d'archer, j'ai tué tout ce qu'il y avait à tuer ! Qui à l'époque se serait douté qu'un jour il ne resterait plus que des corbeaux à manger…

— Hmmmm… Tch'ang-Ngo lui fit un petit sourire.

— On peut dire que j'ai quand même eu de la chance avec ce moineau aujourd'hui, déclara Yi en s'animant. J'ai dû m'éloigner de trente lis[23] pour le trouver !

— N'aurais-tu pas pu aller encore un peu plus loin ?

— Oui, Madame, j'y ai pensé. Je compte bien me lever un peu plus tôt demain. Secoue-moi si tu es réveillée la première. Je pousserai jusqu'à cinquante lis, histoire de voir si je dégotte un cerf quelconque ou un lièvre. Mais… Je n'ai pas beaucoup d'espoir. Quand j'ai tué le Sanglier et le Serpent, les bêtes sauvages étaient encore si abondantes ! Souviens-toi, devant la porte de ta mère passaient souvent des ours noirs ; combien de fois ne m'a-t-elle pas appelé pour que je l'en débarrasse…

— Ah bon ? Apparemment cela n'évoquait plus grand-chose à Tch'ang-Ngo.

---

[23] Le li, mesure de distance traditionnelle, vaut 576 mètres (variable selon les époques).

— …Mais maintenant, plus rien. Qui l'eût cru ? Quand j'y pense, je ne sais vraiment pas si nous allons pouvoir continuer comme ça longtemps. Pour moi, pas de souci : il me suffira d'avaler cet élixir qu'un maître taoïste m'a donné, et je grimperai au ciel… Mais avant toute chose, je dois songer à toi. C'est pourquoi demain je partirai un peu plus loin que d'habitude.

— Hmmmmm… » Tch'ang-Ngo termina son verre, s'allongea lentement et abaissa ses paupières.

La lampe de mauvaise graisse éclairait son maquillage défait ; la poudre était partie par endroits, dévoilant ses orbites jaunâtres, et le fard sur ses sourcils semblait avoir été appliqué de manière asymétrique. Mais ses lèvres incarnates brûlaient du même feu que jadis, et bien qu'elle ne sourît pas, ses joues restaient creusées de deux fossettes à peine esquissées.

« Malheur de moi ! Dire que je ne suis capable de nourrir une telle femme qu'avec des nouilles au corbeau à longueur d'année… » songea Yi.

Il sentit le rouge de la honte lui monter jusqu'aux oreilles.

Deux

LA NUIT PASSA et ce fut le jour d'après.

Yi ouvrit grand les yeux d'un seul coup et vit un rayon de soleil frapper de biais le mur de l'ouest ; il sut que le jour était déjà bien avancé. Il jeta un coup d'œil à Tch'ang-Ngo, encore profondément endormie, étalée de tout son long et les membres épars. Il enfila en silence ses vêtements, se glissa au bas de la couche à la peau de panthère, marcha sur la pointe des pieds jusqu'à la grande salle et se nettoya le visage en ordonnant à la Sept d'aller prévenir Wang Cheng de préparer sa monture.

Comme il était toujours pressé, il avait depuis longtemps renoncé à prendre un petit-déjeuner. La Deux mit dans son filet cinq galettes à la vapeur, cinq têtes d'oignons de printemps et un sachet de sauce épicée puis lui accrocha à la taille son arc et son carquois. Il resserra un peu son ceinturon et sortit le pas léger, croisant la Sept :

« Je vais chasser encore plus loin aujourd'hui, aussi devrais-je revenir plus tard que d'habitude. Quand Madame sera réveillée et qu'elle aura pris son repas du matin, tente donc de profiter de ce moment où elle est de meilleure humeur pour lui dire que je la prie de m'attendre pour le dîner, et surtout que je lui présente toutes mes excuses. Tu as tout bien retenu ? Tu lui diras bien : "toutes mes excuses". »

Il quitta la maison en vitesse, sauta à cheval en s'efforçant de ne pas penser à tous les sbires au garde-à-vous et un instant plus tard trottait hors du village. Devant lui s'étendaient des champs de sorgho qu'il connaissait comme sa poche et auxquels il ne prêta pas la moindre attention car il savait depuis longtemps que plus rien n'y vivait. Deux coups de cravache mirent au galop sa monture qui parcourut d'un seul souffle près de soixante lis avant d'arriver en vue d'une forêt très dense. Le cheval, hors d'haleine et la robe couverte de sueur, se mit au pas. Il avança ainsi d'encore dix lis jusqu'à la lisière de la forêt. Yi partout voyait guêpes, papillons blancs, fourmis et sauterelles ; mais pas trace d'une bête sauvage ni d'un oiseau comestible. Il contempla cet endroit nouveau pour lui. Il avait espéré y débusquer un ou deux renards ou lapins mais comprit que ce n'avait été qu'un vain rêve. Ne lui restait plus qu'à contourner la forêt. De l'autre côté ce n'étaient à perte de vue que d'autres champs de sorgho bleu-vert, parsemés çà et là de petites huttes en terre. La brise et le soleil l'embrassaient d'une tiède caresse et pas un cri d'oiseau ne s'entendait à la ronde.

« Quelle poisse ! » hurla-t-il à pleins poumons, avant de pousser un soupir affligé.

Mais dix pas plus loin il éclatait soudain de joie : au loin devant l'une des huttes, c'était bien un volatile qui se déplaçait en picorant ; probablement un énorme pigeon. En toute hâte il ajusta une flèche à son arc, banda l'arme, relâcha la corde, et le trait partit comme une étoile filante.

Pas même besoin de se poser de question : il faisait de toute façon invariablement mouche. Il n'avait plus qu'à éperonner son cheval et à s'avancer suivant le trajet de la flèche pour ramasser le produit de sa chasse. Mais à sa grande surprise, une vieille bonne femme l'avait précédé et hurlait à la mort en tenant le cadavre transpercé dans les mains. Elle se précipita au-devant de son cheval.

« Qui es-tu donc ? grinça-t-elle. Comment peux-tu ainsi tuer notre poule pondeuse ? N'as-tu vraiment rien de mieux à faire ? »

Le cœur de Yi bondit dans sa poitrine et il tira abruptement sur ses rênes.

« Une poule ? Hélas ! Je croyais que c'était un gros pigeon. » Son ton était plein de détresse.

« Maudits soient tes yeux d'aveugle ! Dis-moi : tu as pourtant l'air d'avoir quarante ans bien tapés ?

— Oui, Madame. J'ai eu quarante-cinq ans l'année dernière.

— Tant d'années gâchées ! Même pas foutu de distinguer une simple poule d'un pigeon. Mais qui es-tu ?

— C'est moi, Yi Yi. »

Et en répondant, Yi fixait des yeux sa flèche fichée en plein cœur de l'oiseau. La poule était morte, bien sûr ; il avait prononcé ses deux derniers mots de façon à peine audible, et descendait maintenant de son cheval.

« Yi Yi ? Qui ça ? Jamais entendu parler, commenta-t-elle en se plantant sous son nez.

— Ils sont pourtant nombreux ceux qui reconnaîtraient ce nom. À l'époque de l'Empereur Yao, j'ai abattu quelques cochons sauvages et divers reptiles…

— Oh le vilain menteur ! ricana la vieille. Ce sont Peng Meng et sa troupe qui les ont eus. Peut-être bien que tu en faisais partie, mais de là à prétendre que c'est toi qui les as tués, c'est faire preuve d'un sacré culot !

— Ah ah… Madame. C'est vrai que Peng Meng m'a maintes fois rendu visite ces dernières années, mais jamais je ne me suis acoquiné avec ce personnage et il n'a tenu aucun rôle dans mes chasses !

— N'importe quoi. Tout le monde sait ce qu'il en est, on m'en a parlé quatre ou cinq fois rien que ce mois-ci.

— Très bien. Passons plutôt aux choses sérieuses. Qu'est-ce qu'on fait pour cette poule ?

— Tu me compenses la perte. C'était la meilleure de nos poules pondeuses, elle lâchait un œuf tous les jours. Elle vaut bien deux lames de houes et trois fuseaux de métier à tisser.

— Madame, regardez-moi. Je ne suis ni paysan ni tisserand, où voulez-vous que je trouve ces ustensiles ? Et en plus je n'ai pas d'argent sur moi, je n'ai en tout et pour tout que cinq galettes faites de farine blanche ; j'y rajoute cinq oignons et un sachet de sauce aigre-douce. Qu'en pensez-vous ? »

D'une main il sortait les gâteaux de sa besace, de l'autre il tentait de s'emparer du cadavre de la poule.

La vieillarde regardait les galettes à la vapeur et l'eau lui venait à la bouche. Mais elle en voulait au moins quinze. Le marchandage se poursuivit jusqu'à ce qu'un compromis fût atteint à grand-peine. Le prix de la poule fut fixé à dix galettes ; elles seraient livrées le lendemain à midi, la flèche servant de caution. Soulagé d'avoir conclu l'affaire, Yi fourra la poule morte dans son filet, sauta en selle et tourna bride. Il avait le ventre creux mais le cœur en paix. Ils n'avaient pas eu de soupe de poulet depuis au moins un an.

Il refit le tour de la forêt en sens inverse. L'après-midi était bien entamée et il dut cravacher sur le chemin du retour. Mais son cheval était fourbu et le soir tombait déjà quand ils longèrent enfin les champs de sorgho si familiers. Il distingua à distance devant lui une silhouette s'agiter et soudain une flèche vola dans sa direction.

Sans même retenir son cheval, Yi banda son arc d'un seul geste et tira. Dans un clair bruit de métal et un jaillissement d'étincelles, les pointes des deux flèches se heurtèrent en plein vol et formèrent brièvement la forme du caractère de l'homme, 人, pointant vers le ciel. Puis elles basculèrent et tombèrent ensemble au sol. Mais au moment même où les deux premières flèches s'étaient rencontrées, deux autres quittaient la corde des arcs et encore une fois, clang ! effectuaient leur jonction en plein ciel. Neuf fois Yi para ainsi l'attaque jusqu'à ce que son carquois fût vidé ; entre-temps il avait reconnu Peng Meng qui se tenait désormais en face de lui, goguenard, avec encore une flèche à son arc, visant sa gorge.

« Tiens donc ! Moi qui croyais qu'il était depuis longtemps parti tirer au flanc au bord de la mer ! Mais en fait il était resté là pour se livrer à ses manigances… Je comprends mieux pourquoi la petite vieille de tout à l'heure m'a raconté tout ça… »

L'arc avait été bandé en forme de pleine lune et la flèche fila comme un météore. Elle perçait l'air en sifflant, droit vers la gorge de Yi… Mais peut-être Peng Meng n'avait-il pas parfaitement visé : le projectile frappa le cavalier en pleine bouche. Yi culbuta en arrière, jeté à bas de son cheval. La monture s'arrêta net.

Peng Meng s'approcha sur la pointe des pieds, le sourire aux lèvres. Il se pencha sur la figure de son ennemi mort… Voulait-il boire avec lui le verre de la victoire ?

Mais à l'instant où il posait son regard sur la dépouille, Yi rouvrit les yeux et releva le buste.

« À quoi donc cela t'a-t-il servi de venir chez moi plus de cent fois ? sourit-il. Il recracha la flèche et continua : Ne sais-tu donc même pas que je maîtrise l'art magique de "mordre les pointes de flèche" ?

Non, vraiment, tu ne peux pas continuer à t'agiter ainsi avec tes maigres talents. Et ce n'est pas à un vieux singe qu'on apprend à faire des grimaces ! Il faut que tu trouves quelque chose par toi-même.

— "Retourner contre l'ennemi ses propres armes"... » dit le vainqueur déconfit à voix basse.

Yi éclata de rire en se relevant.

« Te voilà encore à citer les Classiques ! Tes belles paroles ne sont bonnes qu'à abuser les petites vieilles. À quoi joues-tu avec moi ? Je n'ai toujours été qu'un chasseur, jamais je n'ai marché dans tes combines de bandit de grand chemin... »

Tout en parlant, il vérifiait que la poule dans son filet n'avait pas été abîmée dans la chute. Puis il enfourcha son cheval et s'en alla sans plus de cérémonie.

« Le glas sonne pour toi !... » Les invectives de Peng Meng lui parvenaient atténuées par la distance.

« Jamais je n'aurais pensé qu'il gâcherait ainsi ses talents. Si jeune et déjà à jurer comme un charretier ! Rien d'étonnant à ce que la vieille bourrique l'ait cru ! » songea Yi, hochant la tête d'un air déçu[24].

Trois

IL N'AVAIT PAS ENCORE dépassé les champs de sorgho que le crépuscule était là. Le ciel bleu nuit se piquetait d'étoiles et à l'ouest, l'étoile du soir brillait de mille feux. Le cheval avait depuis longtemps épuisé ses forces et s'était mis au pas ; il ne se dirigeait plus

---

[24] Ce sera pourtant bien Peng Meng qui, des années plus tard, tuera son maître, en l'attaquant par derrière avec une massue. Il avait renoncé à le défier à l'arc une fois de plus...

qu'en suivant les levées de terre blanche entre les champs. Par chance la lune se leva à l'horizon et répandit bientôt sa lueur argentée.

Yi entendait son propre estomac crier famine et s'impatientait sur sa selle. « Marre ! Plus je me démène, moins j'ai de veine ! Quel temps perdu ! » Il pressa sa monture en lui frappant les flancs des deux jambes, mais pour toute réaction le cheval s'ébroua sans accélérer si peu que ce soit.

« Tch'ang-Ngo va être furieuse de me voir rentrer si tard. Probable qu'elle me tire une mine de cent pieds de long. Heureusement que je ramène cette petite poule, ça devrait au moins lui arracher un sourire. Je n'aurai qu'à dire : Madame, il a fallu que je parcoure deux cents lis pour la trouver… Non, ça ne colle pas, elle n'aime pas les fanfaronnades. »

Il vit enfin les lumières de son domaine devant lui et ses pensées maussades s'envolèrent. Le cheval, sentant l'écurie, reprit le galop sans attendre le coup de cravache. La lune, blanche comme neige, toute ronde, éclairait son chemin, une brise fraîche lui caressait le visage. Il se sentait mieux encore qu'au retour des grandes chasses de jadis.

La monture s'arrêta d'elle-même près du tas d'ordures. D'un regard, Yi comprit que quelque chose clochait et il fut saisi d'un affreux pressentiment qui se renforça quand il vit Tchao Fou sortir seul à sa rencontre.

« Eh bien ? Où est Wang Cheng ? demanda Yi, étonné.

— Il est allé chez les Yao pour chercher Madame.

— Comment ? Madame est partie chez les Yao ? s'écria Yi, toujours en selle.

— Affirmatif... » acquiesça Tchao Fou en recevant brides et cravache.

Yi descendit enfin de cheval et franchit le seuil.

Après un moment d'hésitation, il tourna la tête en arrière et demanda :

« N'en aurait-elle pas eu assez d'attendre ? Elle n'est pas partie toute seule au restaurant ?

— Négatif. J'ai moi-même cherché dans les trois restaurants du coin, elle n'y était pas. »

Yi baissa la tête, songeur, puis rentra dans la maison. Les trois chambrières étaient rassemblées dans le hall, l'air inquiet. Stupéfait, Yi demanda en criant :

« Vous êtes là toutes les trois ? Pourtant Madame ne va jamais seule chez les Yao ! »

Elles restèrent coites à le regarder puis lui ôtèrent son arc, son carquois et le filet avec la poule. Yi sentit soudain son estomac se retourner : Tch'ang-Ngo, dans un accès de colère, n'aurait-elle pas choisi de mettre fin à ses jours ? Il envoya la Sept chercher Tchao Fou, comptant lui ordonner d'aller jeter un coup d'œil aux branches des arbres et dans la pièce d'eau du parc derrière le palais. Mais dès qu'il pénétra dans sa chambre il sut qu'il avait fait fausse route : un grand désordre y régnait, les malles à vêtements étaient ouvertes et le coffret à bijoux qui était caché dans le lit avait disparu. Il eut brusquement le front inondé d'une sueur glacée. Il se moquait pas mal des bracelets d'or et des ornements de tête mais beaucoup moins de l'élixir d'immortalité que lui avait donné le magicien, qu'il y avait aussi dissimulé.

Yi fit deux fois le tour de la chambre avant d'apercevoir Wang Cheng qui se tenait derrière le seuil.

« Seigneur, dit l'homme, Madame n'est jamais arrivée chez les Yao. Ils ne jouent pas au mah-jong aujourd'hui… »

Yi lui lança un coup d'œil, sans un mot. Wang Cheng se retira. Puis ce fut le tour de Tchao Fou de se présenter :

« À vos ordres, Seigneur ! »

Yi secoua la tête, agita la main, et Tchao Fou s'éclipsa également. Yi arpenta la pièce encore plusieurs fois puis passa dans le hall, s'assit et leva la tête pour contempler l'arc et les flèches rouges, l'arc et les flèches noires, l'arbalète, l'épée longue et le coutelas. Après quelques instants de réflexion il interrogea les chambrières qui attendaient, un niveau plus bas.

« À quelle heure Madame a-t-elle disparu ?

— Elle n'était déjà plus là quand j'ai apporté les lampes, répondit la Deux, mais nul ne l'a vue sortir.

— Et l'avez-vous vue prendre une potion qui se trouvait dans un coffret ?

— Non, mais cette après-midi elle a demandé que je lui serve un verre d'eau. »

Yi se leva nerveusement, envahi d'un immense sentiment de solitude.

« Avez-vous vu quelque chose qui filait vers le ciel ?

— Oh ! s'exclama la Huit. Puis, après un moment, comme si elle avait une illumination : Quand je suis sortie après avoir allumé les lampes, j'ai en effet aperçu une ombre noire qui s'envolait par là-bas. Mais jamais je n'aurais cru que ce pouvait être Madame… »

Elle pâlit d'un coup.

« C'était sûrement elle ! » dit Yi en se frappant la cuisse. Il sortit en hâte de la pièce, puis se retourna pour demander à la Huit : « Là-bas ? »

Yi suivit du regard la direction qu'indiquait la domestique, main tendue, et ne vit que la lune ronde et blanche comme neige suspendue dans le ciel. Il y distingua les contours flous de quelques bâtiments entourés d'arbres, qui firent vaguement ressurgir les histoires sur la munificence du Palais de la lune que lui racontait sa grand-mère quand il était enfant. Il faisait face à l'astre qui flottait sur l'océan bleuté du ciel nocturne, et ressentait douloureusement le poids de son propre corps.

La colère le saisit brutalement, et vira bientôt à la rage meurtrière. Les yeux exorbités, il hurla aux domestiques :

« Apportez-moi mon arc à abattre les soleils ! Avec trois flèches ! »

La Deux et La Sept décrochèrent l'arc gigantesque, l'époussetèrent et le lui tendirent avec trois longues flèches. Il empoigna l'arme d'une main, de l'autre les trois traits, banda l'arc à fond et visa la Lune. Il se dressait de toute sa taille, tel un roc, le regard fixe et brillant comme l'éclair, la barbe et les cheveux flottants comme des flammes noires. À ses gens il apparaissait en cet instant semblable au héros de jadis, le Yi qui avait abattu les neuf soleils surnuméraires.

Sssssssou ! Un seul son pour trois tirs en succession, chaque flèche sitôt encochée, sitôt décochée, sitôt suivie d'une autre sans que l'œil n'ait pu percevoir comment Yi s'y était pris, sans que l'oreille n'ait pu distinguer les trois bruits de départ. Les flèches auraient dû frapper exactement au même endroit, car elles se suivaient sans dévier d'un fil ; mais pour être encore plus assuré d'abattre sa cible, Yi, d'une légère vibration de la main, avait imprimé à ses projectiles un tour subtil et, avant de toucher, les trajectoires des flèches s'écartèrent, causant trois blessures.

Les chambrières poussèrent un grand cri, tout le monde vit la Lune trembler et crut qu'elle allait tomber – mais elle resta paisiblement suspendue, rayonnant d'une lueur plus forte et plus douce à la fois, faisant fi de ses plaies.

« Eh, toi ! » vociféra Yi, le visage tourné vers le ciel.

Il resta un long moment à contempler la Lune qui semblait l'ignorer superbement. Mais quand il s'avança de trois pas, elle recula d'autant. Il fit trois pas en arrière, et l'astre reprit sa place initiale.

Les deux adversaires se regardaient en chiens de faïence, sans un mot.

Puis Yi reposa avec précaution son arc contre la porte de la grande salle et battit en retraite à l'intérieur, les chambrières sur les talons. Il s'assit et soupira :

« Ah… Eh bien, votre maîtresse va s'amuser toute seule pour l'éternité. Mais comment a-t-elle eu le cœur de partir là-haut en me laissant en plan ? Me trouvait-elle… vieux ? Et pourtant rien que le mois dernier elle me disait encore : mais non, tu n'es pas vieux, d'ailleurs la vieillesse c'est tout dans la tête.

— C'est impossible ! dit la Deux. Beaucoup de gens disent que le Seigneur est toujours un grand guerrier…

— Et même, par moments vous avez tout à fait l'air d'un artiste, dit la Huit.

— Foutaises ! Peut-être qu'elle ne supportait tout simplement plus les nouilles au corbeau… Il faut avouer que c'est franchement infect.

— Je vais découper un morceau de patte près du mur pour retoucher l'endroit de la peau de panthère qui a perdu ses poils ; ce n'est pas très joli, dit la Huit.

— Attends ! Yi l'arrêta, réfléchit un instant et continua : ce n'est pas pressé. Va plutôt me préparer en vitesse un plat de poulet au piment, je suis absolument mort de faim. Et puis aussi cinq livres de galettes afin que je m'endorme plus facilement.

« Demain j'irai à la recherche du taoïste pour lui racheter un élixir d'immortalité et je partirai à la poursuite de Tch'ang-Ngo. La Sept, va dire à Wang Cheng de donner quatre boisseaux de pois blancs à mon cheval ! »

Décembre 1926

Dompter les flots

La légende de Yu le Grand
gravée au fond d'un bronze ancien.

DANS CETTE NOUVELLE apparaît le mythe du Déluge commun à tant de civilisations. En Chine, aux temps les plus reculés comme de nos jours, les débordements du Fleuve Jaune étaient la principale catastrophe récurrente pouvant frapper la population. En 1938 encore, soit à peine deux ans après la mort de Lu Xun, la destruction des digues par l'armée nationaliste qui voulait empêcher l'avancée des troupes japonaises, aurait ainsi causé la mort de 800 000 personnes. La construction et l'entretien des digues et des canaux étaient donc parmi les principales tâches qui incombaient aux mandarins d'antan.

Yu le Grand[25] est en quelque sorte le précurseur de tous les fonctionnaires de cette « société hydraulique », pour reprendre une célèbre expression[26]. Désigné par l'empereur Shun pour réguler les eaux débordantes puis choisi pour lui succéder, il est le fondateur légendaire de la première dynastie, les Xia (-2070 à -1570). Certains mythes le présentent comme un ours-garou, ou encore comme un magicien hémiplégique dont la démarche bancale donna naissance au « Pas de Yu », une danse magique pratiquée bien des siècles plus tard par les sorciers taoïstes. Lu Xun oppose ici les qualités de ce héros exemplaire — intégrité, ascétisme, sens du devoir et ardeur au travail — à la corruption des fonctionnaires de tous grades et au dévoiement des valeurs, toutes calamités fort nuisibles mais hélas intemporelles dont il était lui-même le témoin quotidien. Au passage il en profite pour asséner quelques coups de griffe à tous ces savants et lettrés qui choisissent, en temps de troubles et de guerre, de vaquer à quelque préoccupation esthétique plutôt que de contribuer par leurs réflexions et leurs travaux à l'allégement des souffrances du peuple...

---

[25] 大禹 *Dà Yǔ* aurait vécu à la fin du IIIᵉ millénaire avant notre ère.

[26] C'est ainsi que l'historien et sinologue Karl August Wittfogel qualifie nombre de sociétés orientales anciennes, dans son ouvrage de 1957, le Despotisme oriental.

Un

À CETTE ÉPOQUE, « les hautes eaux se muèrent en déluge universel et leur tumulte noya montagnes et collines ». Les sujets de l'Empereur Chouen[27] n'avaient pourtant pas tous trouvé refuge sur les rares sommets émergés qui perçaient encore les flots ; certains s'étaient accrochés à la cime des arbres, d'autres s'étaient retrouvés assis sur des radeaux de bois. Quelques-unes de ces embarcations étaient surmontées de petites cabanes en planches qui, vues du rivage, étaient empreintes d'une certaine poésie.

Les nouvelles des régions lointaines se propageaient par les radeaux de bois. Tout le monde finit par apprendre que le Souverain, dans un accès de majestueuse colère, avait exilé le Seigneur Kouen[28] dans une garnison sur la montagne des Plumes : après neuf années pleines passées à tenter de contrôler les eaux, le résultat était désespérément nul. La rumeur voulait que son successeur fût son propre fils, le jeune seigneur Wen-Ming, dont le nom de lait était Ah Yu.

La catastrophe durait depuis si longtemps que les universités avaient été depuis longtemps évacuées et que même les jardins d'enfants n'avaient plus d'endroit où s'établir, aussi la populace s'était-elle quelque peu enniaisée. Toutefois, sur la Montagne de la Culture se trouvaient encore rassemblés de nombreux savants dont le ravitaillement était assuré dans sa totalité par les chars volants venus du lointain

---

[27] 舜 *Shùn*, EFEO Chouen ; empereur mythique, héritier désigné de Yao. Il aurait vécu au XXIIIE ou XXIIe siècle avant notre ère.

[28] 鯀 *Gùn*, descendant de Huangdi l'Empereur Jaune et père de Yu.

Royaume des Nakimbras[29]. Ainsi n'avaient-ils pas à craindre de manquer et pouvaient-ils continuer à s'adonner à leurs recherches. Et parmi eux, la plupart étaient opposés à Yu, voire ne croyaient pas qu'un Yu puisse exister en ce monde.

Une fois par mois, l'air s'emplissait d'un vrombissement qui devenait de plus en plus terrifiant au fur et à mesure qu'on distinguait mieux le char volant qui s'approchait. Sur l'engin était planté un pavillon qui représentait une boule jaune émettant des rayons lumineux. Le char s'immobilisait à cinq pieds du sol et plusieurs paniers en descendaient. À part ceux qui les recevaient, nul ne pouvait voir ce qu'il y avait dans les paniers, mais tous pouvaient entendre les quelques échanges de paroles entre les savants et l'équipage :

---

[29] Royaume historico-mythique, cité dans divers ouvrages antiques (Le *Classique des Mers & des Montagnes*, le *Livre du Prince de Huainan*), dont les habitants très ingénieux étaient réputés ne posséder qu'un seul bras, mais trois yeux. En chinois : 奇肱国 *Jīgōng guó*, le nom lui-même signifie « un seul bras », d'où le choix de la traduction *Nakimbras*. Cette allusion mythologique est en fait très probablement une référence au Japon, comme l'atteste la description du pavillon des *Nakimbras* qui figure un peu plus loin, décalque (en jaune) du drapeau impérial japonais. Mais Lu Xun y mêle aussi des allusions aux Occidentaux (cf note suivante). La raison de ces allusions et de l'utilisation du terme « Montagne de la Culture » est un épisode fort malheureux de l'histoire culturelle chinoise, qui mit en rage bon nombre de patriotes : en 1932, un certain nombre de savants pékinois, craignant la conquête et la destruction de la ville par les troupes japonaises qui s'étaient déjà emparées de la Mandchourie, proposèrent au gouvernement nationaliste de donner à Pékin, ou plutôt à Peiping, « La Paix du Nord » (北平 *Běipíng*, nom de la ville depuis qu'en 1928 elle avait perdu son statut de capitale), le statut de « Cité de la Culture », c'est-à-dire de zone culturelle neutre et ouverte. Les savants et lettrés espéraient sans doute se faire en plus subventionner par les envahisseurs ou de généreux donateurs internationaux, intéressés au patrimoine de la ville…

« Goude morninge !

— Hao dou you tou ?

— Et bla bla bla…

— OK ! »[30]

Puis le char reprenait son vol vers le Royaume des Nakimbras. Quand le vrombissement s'éteignait, les savants s'étaient calmés : ils consacraient tous leurs efforts à la boustifaille. Le seul bruit était celui des flots environnant la montagne qui battaient la roche dans un fracas ininterrompu. Après une sieste roborative les savants se réveillaient, leur vigueur renouvelée au centuple, et dès lors leurs doctes discours couvraient le bruit des vagues.

« Si Yu est le fils de Kouen, jamais il ne connaîtra le succès dans sa tentative de contrôler les eaux, proclamait l'un des savants, s'appuyant sur sa canne. J'ai compilé les données généalogiques de moult maisons royales, familles mandarinales, personnalités éminentes et foyers fortunés, et toutes mes recherches tendent vers une unique conclusion : les enfants et descendants de riches resteront riches, ceux des ratés seront des ratés. C'est ce qu'on appelle l'hérédité. Et donc, si Kouen a échoué, son fils sans nul doute échouera aussi, parce que les gens stupides ne donnent jamais naissance à des enfants intelligents !

— OK ! commenta l'un de ses collègues, sans canne celui-ci.

— Toutefois, dit un autre toujours sans canne, il vous faut prendre en considération le cas de l'Empereur honoraire, père de notre Souverain[31].

---

[30] Faux anglicismes également présents dans la version chinoise : '古貌林！好杜有图！ OK !' Idem pour les occurrences suivantes de OK.

[31] Le père de l'Empereur Shun, du nom de 瞽瞍 *Gǔsǒu*, n'a jamais régné puisque Shun avait été choisi pour lui succéder par

— Bien qu'il ait au départ été un peu épais, on peut affirmer qu'il s'était grandement amélioré. S'il avait été vraiment stupide, jamais rien n'aurait été possible.

— OK !

— Tou-tout ss-ss-ça c'est des co-conneries, dit encore un autre en bégayant, le bout de son nez virant instantanément à l'écarlate. Vous êtes tous victimes de la rumeur. En vérité, ce Yu n'existe pas. Il suffit de voir son nom : 禹 Yu, n'est-ce pas en fait le nom d'un se-serpent du fait qu'il contient le caractère 虫, qui signifie reptile[32] ? Comment un serpent pourrait-il dompter les zo-zos-les eaux ? Et d'ailleurs d'après moi son père Kouen 鲧, n'existe pas non plus, à moins qu'il ne soit un poisson 鱼. Les poi-poissons vivent certes dans les eaux, mais sont-ils capables de les ré-ré-réguler ? »

Et pour conclure, il frappa le sol des deux pieds l'un après l'autre, l'air épuisé par son effort.

— Mais Kouen a pourtant vraiment existé, je l'ai personnellement rencontré il y a sept ans ; il admirait les pruniers en fleurs au pied des Monts Kouen-Louen.

— Eh bien, c'est que tou-tout le monde s'est trompé sur son nom, qui doit très probablement contenir le caractère de l'homme, 人. Quant à Y-Yu, il est sans

---

l'Empereur Yao, tout aussi légendaire. Gusou était non seulement aveugle, mais surtout peu clairvoyant, et a plusieurs fois comploté contre son propre fils, lequel, par piété filiale, n'a jamais pris de mesures de rétorsion. Par extension le nom même de Gusou est traditionnellement utilisé pour désigner l'aveuglement d'esprit.

[32] Le caractère 虫, plus couramment utilisé aujourd'hui dans le sens « insecte », désignait jadis en fait tous les animaux des genres considérés comme inférieurs, dont les reptiles. Les traductions de ce passage ont varié mais la distinction peut ici se faire par l'utilisation dans le texte chinois du spécificatif 条, utilisé pour les animaux longs et minces (vers ou serpents).

aucun doute un reptile. J'ai ra-ra-rassemblé de multiples preuves et suis en mesure de confirmer son inexistence. Je vous invite tous à venir les évaluer dans un esprit d'honnêteté scientifique… »

Puis il se dressa avec vigueur, tâtonna dans sa manche pour en sortir son poinçon à écrire et se mit à écorcer les troncs de cinq pins monumentaux. Avec des miettes de pain restant du repas, mélangées à de l'eau et de la poudre de charbon, il fit une pâte d'encre qu'il utilisa pour écrire sur le tronc nu des pins en tout petits caractères têtards[33]. Il passa ainsi en tout trois fois neuf, soit vingt-sept jours à exposer les arguments de critique textuelle balayant l'existence et l'essence même de Yu. Mais tous ceux qui voulaient lire son texte devaient s'acquitter d'une taxe de dix feuilles d'orme tendres. Ceux qui vivaient sur les radeaux pouvaient choisir à la place de faire don d'une conque remplie d'algues vertes.

Comme les eaux étaient partout, il n'y avait ni chasse à mener ni terres à cultiver et tout un chacun disposait de loisirs considérables. Aussi les curieux venus lire sa prose étaient-ils assez nombreux. Ils se pressèrent sous les pins pendant trois jours et les soupirs d'admiration éperdue faisaient écho à ceux d'ennui absolu. Mais le quatrième jour, un paysan finit par commenter pendant que le savant dégustait ses nouilles sautées :

« Y'a ben pourtant par cheu nous un qu's'appelle Ah Yu. Mais « Yu », c'est pas un nom d'reptile, c't'un

---

[33] Il s'agit d'un style de calligraphie ancienne, en vigueur sous la dynastie Han (autour de l'an 0). Elle était toutefois censée imiter des styles encore plus antiques de caractères gravés sur les bronzes des Shang (cf l'illustration en page de titre). La référence est donc historiquement anachronique. Ceci ne gêne pas Lu Xun puisqu'il se base sur des légendes qui font remonter l'invention de l'écriture à des temps beaucoup plus reculés.

caractère simplifié par nous' aut' villageois… Les mandarins, ils l'écrivent 禺, c't'une espèce de grand singe…

— Il y a des gens qui s'appellent Grand-grand Singe ? Le savant bondit sur ses pieds et ingurgita en vitesse ses nouilles à moitié mâchées en s'époumonant, le nez empourpré.

— Y'en a, et pis y'en à aussi qui s'appellent Chien ou Chat.

— Monsieur Petitoiseau[34], ne discutez donc pas avec un tel individu, s'interposa le savant à la canne en reposant son pain. Les paysans sont tous bornés.

« Fais-nous donc voir ton arbre généalogique, continua-t-il à voix forte en se tournant vers le rustique. Je me fais fort d'y voir que tes ancêtres sont tous aussi stupides que toi…

— J'avions point d'arbre ni général ni logique…

— Peuh ! C'est bien à cause de maudits incultes dans ton genre que mes recherches ne peuvent être aussi précises qu'elles le devraient…

— Mais p-pour cela, on n'a pas be-besoin d'arbre généalogique, ma théorie est inattaquable ! dit M. Petitoiseau, de plus en plus en colère. Ja-jadis beaucoup de savants l'ont couverte d'éloges, j'ai toutes leurs lettres quelque part ici…

— Non, non, il faut absolument vérifier son arbre généalogique !

— Mais pisque j'vous dis qu'j'avions point d'arbre comme vous dites, répéta le borné. Et pis d'nos jours tout est tell'ment sens d'ssus d'ssous, c'est pas facile d'se déplacer, si faut attendre qu'vos amis y z'apportent

---

[34] Tentative de rendre en français le double sens du nom choisi par Lu Xun pour son savant : 鸟头 *niǎotóu*, soit « Tête d'oiseau », signifie également « pénis ».

leurs belles lettres comme preuves, on n'est pas sorti d'l'auberge ! Ça risque d'être pus dur que d'faire la messe taoïste dans une coquille d'escargot. La preuve, est c'qu'elle s'rait pas déjà là par hasard ? Vous v's'appelez Petitoiseau, alors p't'êt ben qu'vous êtes en fait un oiseau et pas un être humain ?

— Aaaargh ! M. Petitoiseau en avait les oreilles qui rougissaient de colère. Comment oses-tu m'insulter ainsi ! Prétendre que je ne suis pas un être humain ! Je vais t'emmener voir le Seigneur Kao Yao pour régler tout cela devant la justice ! Et si je ne suis pas vraiment un homme, je consens à subir la peine capitale – la décapitation. Tu comprends ? Mais dans le cas inverse, c'est toi qui endureras les ultimes conséquences de ton comportement ! Attends donc ici sans bouger, il faut que je finisse mes nouilles.

— Maître, répondit le paysan sans s'émouvoir le moins du monde, v'z'êtes un savant, vous devriez savoir que midi est passé et que nous aut' avons aussi l'estomac dans les talons. J'vois ben qu'c'est abominab' qu'les estomacs des gens stupides fonctionnent comme ceux des gens intelligents : y z'ont tous faim pareil ! J'vous d'mande ben pardon, mais j'allons ramasser quelques algues. Quand v'z'aurez déposé votre plainte, y s'ra ben temps d'me rendre à la police. »

Sur ce, il sauta sur son radeau de bois, ramassa son filet et se mit à rassembler les algues éparses, s'éloignant de plus en plus. Les badauds se dispersèrent peu à peu, M. Petitoiseau, nez et oreilles toujours aussi rouges, se replongea dans ses nouilles, tandis que le savant à la canne hochait la tête.

La question de savoir si Yu était un reptile ou un être humain était encore très loin d'être résolue.

Deux

IL SEMBLAIT BIEN que Yu fût effectivement un reptile : une demi-année s'était écoulée, les chars volants des Nakimbras étaient déjà passés huit fois, et des habitants des radeaux qui étaient venus lire les inscriptions sur les sapins, neuf sur dix avaient attrapé le béribéri. Du Ministre chargé de réguler les eaux, aucune nouvelle.

Mais après deux allers-retours supplémentaires de chars volants, on apprit que Yu existait vraiment, qu'il était en effet le fils de Kouen, qu'il avait bien reçu la charge de Grand Ministre des Travaux Hydrauliques ; c'était il y a trois ans de cela. Et maintenant, après être parti de la capitale Tsi-Tcheou, il allait enfin passer par ici.

Tous en ressentirent une légère excitation mêlée d'un certain détachement, voire de scepticisme, car ce genre d'annonces peu fiables, ils en avaient des bourdonnements dans les oreilles tellement elles étaient fréquentes.

Mais cette nouvelle-ci semblait différente. Plus de dix jours plus tard, presque tous étaient convaincus que le Grand Ministre allait vraiment venir, parce qu'un individu parti ramasser des algues avait, de ses propres yeux, aperçu des navires à l'allure très officielle. Il pointait du doigt une bosse bleu noir sur son front, qu'il disait avoir reçue de la part d'un frondeur en raison de son peu d'empressement à s'écarter de leur passage. Voilà bien la preuve irréfutable de l'arrivée du Ministre. L'individu à la bosse se vit immédiatement doté d'une grande renommée et d'un agenda très chargé. Tous vinrent pêle-mêle contempler la bosse sur son front, au point de manquer faire chavirer son radeau. Ensuite il fut convoqué par l'assemblée des savants qui souhaitait vérifier en détail que sa bosse était bien une vraie bosse. Une fois la conclusion – positive – atteinte, M. Petitoiseau ne fut plus en mesure d'étayer ses préjugés et dut abandonner la critique textuelle à un autre spécialiste et se consacrer désormais à la collecte des chants folkloriques.

Plus de vingt jours après que l'homme fut revenu avec sa bosse, une grande flotte de navires creusés dans d'immenses troncs d'arbres se présenta. Sur chaque navire, vingt soldats maniaient les avirons, trente autres brandissaient des lances, flammes et pavillons flottaient à la poupe comme à la proue. Dès que la flotte toucha au pic émergé, notables et savants s'alignèrent sur le rivage. Des heures passèrent ainsi à attendre. Enfin, du plus imposant des navires descendirent vingt guerriers d'élite vêtus de peaux de tigre, et au milieu d'eux, une paire de personnages d'âge mûr dont l'embonpoint dénotait l'importance. Accompagnés par le comité d'accueil, les deux dignitaires se rendirent à la grotte la plus haut perchée.

À terre comme sur mer tous eurent tôt fait de se renseigner et de comprendre qu'il ne s'agissait en rien du grand Ministre Yu, mais seulement de deux hauts fonctionnaires en mission d'inspection.

Les hôtes de marque assis au milieu de la grotte commencèrent leurs investigations après s'être sustentés d'un simple pain. Le premier interrogé, un représentant des savants, spécialiste des dialectes Miao, rendit compte :

« La situation est loin d'être aussi grave qu'il n'y paraît. Pour ce qui est du ravitaillement en céréales, nous ne nous en tirons pas trop mal. Le pain nous est livré du ciel une fois par mois, le poisson est en abondance, et bien qu'il ait un peu goût de terre, il est bien gras, Vos Éminences. Quant aux quelques gens du peuple survivants, ils ont à leur disposition feuilles d'orme et algues marines, et pour ainsi dire ils "se gavent à longueur de journée sans se soucier de rien"[35]. Comme ils n'ont aucun effort intellectuel à fournir, cette alimentation leur suffit amplement. D'ailleurs nous y avons nous-mêmes goûté, ce n'est pas mauvais du tout, bien qu'assez particulier…

— En outre, l'interrompit l'un des autres chercheurs qui étudiait quant à lui l'ouvrage classique intitulé *L'herbier de Chen-Nong*, les feuilles de l'orme contiennent de la vitamine W tandis que les algues sont riches en iode, ce qui est excellent pour soigner les scrofules. C'est un régime tout à fait diététique.

— OK ! dit un autre savant. Les dignitaires le regardèrent d'un œil rond.

— Et pour la boisson, continua le spécialiste de Chen-Nong[36], ils en ont autant qu'ils en veulent. Dix mille générations ne suffiraient pas à épuiser leurs réserves d'eau. Dommage qu'elle contienne un peu de sédiments : il serait nécessaire de lui faire subir un

---

[35] 饱食终日，无所用心 *bǎo shí zhōng rì, wú suǒ yòng xīn* : citation destinée à condamner la fainéantise, tirée des *Entretiens* de Confucius, évidemment anachronique ici comme de nombreuses autres références utilisées par Lu Xun.

[36] 神农, pinyin *Shénnóng*, le « Laboureur divin », souvent classé comme le dernier des Trois Augustes, est l'inventeur légendaire de l'agriculture et de la médecine. Il aurait vécu vers l'an 2800 avant notre ère. L'ouvrage qui lui est attribué, l'herbier de Chen-Nong ou 神农本草经, *Shénnóng běncǎo jīng*, parfois appelé *Materia Medica*, est en fait une compilation de descriptions et de recettes médicinales qui date de la dynastie Han, soit près de 3000 ans plus tard.

processus de distillation avant de la boire. Votre serviteur s'est évertué je ne sais combien de fois à leur montrer comment faire, mais vous savez ce que c'est : ils sont un peu bornés et se refusent obstinément à se plier à mes objurgations, ce qui est la cause d'un nombre considérable de maladies…

— Et les inondations, est-ce que finalement ce ne serait pas eux qui les auraient causées ? C'était un gentilhomme à la longue barbe divisée en cinq mèches, habillé d'une longue robe marronnasse, qui avait parlé.

« Quand les eaux n'étaient pas encore là, ils préféraient flemmarder plutôt que de réparer les digues, et maintenant qu'elles sont partout, ils se refusent à écoper…

— C'est un problème de dégénérescence mentale, dit l'un des savants assis derrière en ricanant. Il arborait une moustache aux pointes tombantes et était un spécialiste de l'essai dans le style de Feou-Hi[37].

« J'ai grimpé jusqu'aux sources du Pamir, là où soufflent d'irrésistibles vents célestes, où les pruniers sont en éternelle floraison, où les blancs nuages volent en procession ! Le prix de l'or y est en éternelle inflation, et rats et souris y trouvent le repos. J'y ai vu un jeune homme, un cigare entre les lèvres, les brumes du Barbare Tch'e-Yeou[38] lui voilaient le visage…

---

[37] Voir la notice introductive de *Réparer les cieux*.

[38] Tch'e-Yeou : 蚩尤 pinyin *Chīyóu*, une sorte de Minotaure chinois, tyran cruel doté d'une tête de taureau ou de buffle en bronze. Il est le chef légendaire de tribus barbares que certains historiens ont rattaché aux ancêtres des Miaos (les Meos ou Hmongs, qui vivaient alors sur le territoire de l'actuelle Chine), et l'ennemi de Huangdi, l'Empereur Jaune, qui le battit à la bataille de Zhuolu. Il fut plus tard adoré comme Dieu de la guerre, jusqu'à la fin de la dynastie Qin. Les « brumes de Tch'e-Yeou » font référence à la magie utilisée par la créature démoniaque au cours de sa bataille contre Huangdi : elle exhala un épais brouillard, dissimulant le soleil, dont Huangdi ne put se dépêtrer que grâce à

« Ha ha ha ! Décidément, y'a pas moyen...
— OK ! »

Les discussions durèrent ainsi près d'une demi-journée. Les visiteurs prêtaient la plus grande attention à ce qu'on leur rapportait. Au terme des débats ils prièrent les savants de rédiger un rapport public, accompagné de préférence d'une liste détaillée de recommandations pour remédier aux difficultés persistantes.

Puis les dignitaires redescendirent à leur bateau. Le lendemain, prétextant de la fatigue du périple, ils ne tinrent pas audience ni ne reçurent de visiteurs. Le troisième jour, les savants avaient organisé une petite excursion d'agrément vers un pin parasol très antique fiché sur le plus haut sommet, puis l'après-midi fut consacrée à une séance de pêche aux anguilles jaunes dans une petite crique nichée derrière la montagne, ce qui mena la noble assemblée jusqu'au crépuscule. Le quatrième jour, épuisés par leurs investigations, les dignitaires ni ne tinrent audience ni ne reçurent de visiteurs. L'après-midi du cinquième jour ils reçurent le représentant du petit peuple.

Le processus de choix du susdit délégué du peuple avait commencé quatre jours auparavant. Le manque de volontaires était criant, personne n'ayant jamais par le passé eu affaire au moindre fonctionnaire. Alors la majorité désigna l'homme à la bosse sur le crâne : il était bien le seul, irréfutablement, à avoir eu déjà des contacts concrets avec les envoyés du gouvernement. Sa bosse, depuis longtemps résorbée,

---

sa fameuse invention, le « Chariot pointant le Sud » (une sorte de compas mécanique). Le cigare est évidemment une référence critique aux Barbares occidentaux...

se mit soudain à le relancer douloureusement. Il affirma à grands cris entre deux lamentations : délégué ? Plutôt mourir ! Jour et nuit il fut entouré et assiégé de critiques : il refusait ses responsabilités ! Il ne se préoccupait pas du bien commun ! Il n'était qu'un individualiste égocentrique ! Il ne méritait plus d'appartenir à la race chinoise ! La discussion s'envenima ; des poings se serrèrent et furent brandis sous son nez : on alla jusqu'à exiger qu'il admît sa responsabilité pour ce cycle d'inondations. Il crevait de sommeil et commençait à penser qu'à tout prendre, la perspective d'aller jouer les victimes sacrificielles n'était pas beaucoup moins réjouissante que celle d'être lynché sur son radeau. Le quatrième jour enfin, il prit donc une grande décision et accepta la mission.

Chacun s'empressa de chanter ses louanges, au point que quelques autres braves sentirent percer une petite pointe de jalousie.

C'est ainsi qu'à l'aube du cinquième jour, on le tira jusqu'au rivage et qu'il se retrouva debout sur la plage à attendre l'appel des dignitaires. Et appel il y eut : ses genoux se mirent immédiatement à jouer des castagnettes. Mais sa résolution ne faiblit pas. Il poussa deux bâillements gigantesques et, les yeux gonflés de sommeil, ne sentant même plus ses pieds toucher terre, il s'avança comme sur un nuage et grimpa sur le très officiel navire.

Il fut surpris de ne pas être bousculé par les soldats portant lances ni insulté par les guerriers à peaux de tigre, mais escorté jusqu'à la cabine centrale. Le sol de la cabine était couvert de fourrures d'ours et de panthère, aux murs pendaient arbalètes et carquois, et un peu partout étaient répandus amphores et flacons.

Toute cette munificence lui donnait le vertige. Une fois calmé, il vit que par-dessus tout ça, c'est-à-dire juste en face de lui, étaient assis les deux hauts fonctionnaires replets. Il n'osa pas lever la tête pour observer de quoi ils avaient l'air.

« Es-tu le délégué du peuple ? demanda l'un des personnages.

— Ils m'ont dit de venir, répondit-il, les yeux fixés sur les motifs en feuille d'armoise des peaux de panthère tapissant le plancher.

— Alors, comment va le peuple ?

—… » Il ne comprit pas la question et resta coi.

« Est-ce que tout va bien pour vous ? répéta l'autre.

— Avec votre bénédiction, Votre Hauteur, ça va… Il réfléchit puis rajouta : on fait aller… couci-couça…

— La nourriture ?

—Oh ! Des feuilles, des algues…

— Et ça se mange bien ?

— Ça s'mange… Nous sommes habitués à manger tout ce que nous trouvons. Il y a ben quelques-uns des jeunes blancs-becs qui protestent, hein ! Tout part à vau-l'eau ! Mais ça s'règle en deux-trois coups d'pied dans l'derche. »

Les dignitaires éclatèrent de rire et l'un d'entre eux confia à l'autre :

« Un bien brave homme que celui-là ! »

Entendant ce compliment, le délégué ne se sentit plus de joie et son courage s'en trouva décuplé. Sa timidité laissa place à un flot de paroles :

« Nous trouvons toujours des nouvelles solutions pour les cuisiner. Tenez, les algues : le mieux c'est d'en faire un "Velouté de Jadéite". Pour les feuilles d'orme, on les prépare en soupe épaisse, grâce à la recette dite "du Premier ministre". Les arbres, faut pas les dénuder complètement de leur écorce, faut toujours en laisser une bande, sinon au printemps d'après y poussera plus une feuille sur les branches. Avec la bénédiction de Vos Éminences, si nous avions l'autorisation de pêcher quelques anguilles jaunes… »

Mais ses auditeurs ne semblaient déjà plus apprécier autant son discours. L'un d'entre eux poussa coup sur coup deux grands bâillements et l'interrompit :

« Le mieux à faire est de rédiger un rapport, de préférence accompagné d'une liste circonstanciée de propositions pour remédier aux conséquences du déluge.

— Y'a personne cheu nous qui sait écrire… répondit piteusement le délégué.

— Vous êtes tous illettrés ? Mais quel manque d'ambition ! Eh bien, apportez-nous en exemple un échantillon de tout ce que vous consommez ! »

Le délégué se retira, toujours apeuré mais content. Il frotta la trace qu'avait laissée la bosse sur son front et s'empressa de communiquer les ordres reçus à la populace qui vivait sur le rivage, dans les arbres ou sur les radeaux de bois. Et il en rajoutait :

« Tout ça, c'est pour les grands chefs ! Il faut que ce soit impeccab', bien propre et soigné !… »

Et chacun de s'y mettre avec zèle mais dans le plus grand désordre, qui lavant les feuilles, qui écorçant les arbres, qui rassemblant les algues. Le délégué scia quelques planches et en confectionna une boîte pour présenter les offrandes. Puis il polit jusqu'à les faire reluire deux plaques de bois qu'il apporta dès le soir aux savants au sommet de la montagne afin qu'ils y apposent leur calligraphie. Sur la première, qui devait être le couvercle de la boîte, il voulait faire inscrire

« Montagne de Longévité, Océan de Bonheur » ; sur la seconde, destinée à être fixée sur son radeau en souvenir des insignes éloges qu'il avait reçus, il souhaita que soit tracé « le Palais du Brave Homme ». Mais les savants n'accédèrent qu'à la première des deux demandes.

Trois

LES DEUX DIGNITAIRES regagnèrent la capitale à peu près au même moment que les autres inspecteurs. Seul Yu manquait encore à l'appel. Après quelques jours de repos pris en famille, leurs collègues du Bureau de Régulation des Eaux organisèrent en leur honneur un grand banquet de bienvenue. Selon leur importance, les quotes-parts étaient réparties en trois catégories : Bonheur, Prospérité, Longévité[39]. Un flot continu de chars et de chevaux déversa dans la soirée tous les invités qui furent rassemblés avant la tombée du crépuscule dans la cour du Bureau où brûlait un grand feu ; un chaudron tripode laissait échapper des effluves de cuisson de viande de bœuf qui chatouillaient jusqu'aux narines des soldats-tigres gardant le périmètre extérieur et faisaient saliver tout le monde au passage.

Après trois tournées de toasts, les hauts fonctionnaires commencèrent à parler des aquatiques paysages parcourus, de la floraison des roseaux, blanche comme neige, des reflets dorés des eaux fangeuses, des anguilles jaunes bien grasses et des algues glissantes…

---

[39] Par référence à trois étoiles portant ces noms, représentant des divinités du panthéon taoïste.

Ce n'est qu'après avoir atteint un degré certain d'ivresse qu'ils exhibèrent les denrées populaires qu'ils avaient réunies, toutes rangées dans de délicates boîtes en bois ouvragé aux couvercles décorés d'inscriptions dans les styles les plus divers : certaines adoptaient la « Calligraphie des Huit Trigrammes » de Feou-Hi, d'autres le style « Pleurs de fantômes » de Ts'ang-Kie. Les hôtes ne se lassaient pas de comparer leurs qualités respectives, au point que certains faillirent en venir aux mains. Enfin l'on décida d'un commun accord qu'une inscription qui se lisait « Pays Prospère, Peuple en Paix »[40] était décidément la plus remarquable : d'abord parce que le style en était d'une très belle sobriété, voire presque illisible, évoquant la pureté et la sincérité des âges les plus reculés, et surtout parce que le message était parfaitement approprié à l'occasion et méritait d'être enregistré dans les annales historiques.

Après qu'on eut ainsi débattu de cet art très chinois, les sujets culturels furent mis de côté et l'on aborda la question du contenu des boîtes. Chacun s'extasia de la magnifique présentation des offrandes qui avaient forme de galettes. Mais les disputes reprirent de plus belle, sans doute parce que tous avaient bu un peu plus que de raison. L'un, après avoir mordu dans une galette d'écorces de pin, poussa un grand soupir en portant au pinacle son doux parfum et déclara que dès le lendemain il allait rendre sa coiffe officielle pour se retirer en ermite et retrouver ces accents de pureté et de bonheur simple. Un autre au contraire, qui goûtait un gâteau de feuilles de thuya, eut la langue blessée de tant de rudesse et

---

[40] 国泰民安 *guótàimín'ān*, expression remontant à la dynastie Song.

d'amertume ; si c'était ainsi qu'il fallait participer de la détresse du peuple, c'était bien la preuve qu'être souverain n'était pas facile, et qu'être fonctionnaire l'était encore moins. D'autres encore se précipitèrent pour arracher aux premiers les mets entamés, en disant que bientôt serait inaugurée une exposition à but caritatif et que tous ces spécimens devaient y figurer : s'ils en prélevaient une trop grosse part, cela serait du plus mauvais effet.

En écho s'éleva bientôt à l'extérieur un autre genre de brouhaha. Une horde de grands gueux au visage noir comme la suie et revêtus de haillons franchirent soudain les lignes de séparation du trafic avec l'intention apparente de pénétrer dans le Bureau. Les gardes poussèrent un grand cri et croisèrent d'un seul geste leurs haches-poignards[41] étincelantes pour leur bloquer le passage.

« Quoi ? – regardez-moi mieux ! » tonna celui qui marchait en tête, un grand gaillard efflanqué aux mains comme des battoirs et aux pieds épais.

Les gardes le fixèrent dans la pénombre et se remirent au garde-à-vous en redressant leurs armes dans un empressement obséquieux. Ils le laissèrent rentrer avec sa suite mais bloquèrent une jeune femme qui arrivait essoufflée, fagotée d'une robe de toile grossière bleu foncé, poursuivant la bande avec un bambin dans les bras.

« Comment ? Ne me reconnaissez-vous donc pas ? » demanda-t-elle en essuyant du poing la sueur sur son front.

---

[41] Le 戈 gē, arme caractéristique de l'antiquité chinoise : il s'agit d'une lame ressemblant à celle d'un poignard fixée perpendiculairement au bout d'une hampe de longueur variable, arme principale des troupes d'infanterie de l'époque.

— Madame Yu, comment pourrions-nous ne pas vous reconnaître ?

— Alors pourquoi ne me laissez-vous pas passer ?

— Madame Yu, les circonstances… ont changé, depuis cette année, il faut corriger les mœurs et redresser la morale publique, les hommes et les femmes doivent être séparés. Désormais il est interdit aux femmes ou aux enfants de rentrer dans un quelconque bâtiment officiel, pas seulement ici, et il ne s'agit pas que de vous ! C'est un ordre qui vient de très haut, ne nous en veuillez pas. »

Madame Yu resta un moment interdite, puis écarquilla les yeux et, se haussant vers son mari, cracha :

« Puisses-tu mourir sous les coups de milles épées ! Tu parles d'un retour en trombe ! Tu es passé devant ta propre maison sans y jeter un seul coup d'œil ! À croire que tu cours aux funérailles de ton père ! Ah, je sais : le devoir t'appelle. Mais que trouves-tu donc de si merveilleux à servir l'État ? Regarde ton père : toujours au turbin, et pour seul résultat : l'exil ! Il paraît même qu'on l'a jeté dans une mare et qu'il s'est transformé en tortue géante[42] ! Sans-cœur ! Crève, saligaud ! »

Ses cris se perdirent dans le tohu-bohu qui s'était levé dans la grande salle du Bureau de Régulation des

---

[42] La légende veut en effet qu'après sa mort, Gun se soit transformé en tortue à trois pattes. Mais cette allusion est d'autant plus insultante que le terme choisi parmi tant d'autres par l'infortunée Mme Yu pour tortue, 忘八 *wàngbā* (ou 王八, 亡八, tous deux prononcés *wángbā*), est couramment utilisé pour désigner les cocus et cornards de tous poils. Or les textes antiques indiquent que Yu, qui n'a en effet pas osé se présenter chez lui à son retour de tournée d'inspection, serait resté de longues années loin de chez lui (huit ans pour le *Commentaire de Zuo*, treize pour les *Annales historiques*), ce qui est pour le moins incompatible avec la présence d'un enfant dans les bras de son épouse…

Eaux. Les hôtes, en voyant débouler un tel ramassis de brutes, avaient tous été pris d'une subite envie de s'esbigner. Mais nul éclat de lame ne leur blessait les yeux ; aussi recouvrèrent-ils vite leurs esprits et examinèrent-ils la situation plus en détail. Les arrivants s'étaient rapprochés et malgré sa sombre maigreur, ils purent à son allure identifier l'homme qui les menait : c'était, sans conteste, le seigneur Yu. Les autres étaient tout naturellement ses assistants.

Sous le coup de la frayeur les festoyeurs se trouvèrent tout à fait dégrisés et, dans un grand frou-frou de robes et tuniques, ils se replièrent sur les bas-côtés. Yu alla droit à la natte du banquet et y prit place. Prenait-il de grands airs ? Ou bien avait-il les articulations douloureuses ? En tout cas, il ne s'agenouilla pas mais étendit les jambes en exhibant à tout un chacun les plantes de ses deux pieds nus[43], couvertes de callosités grosses comme des châtaignes. Ses assistants se répartirent à sa droite et à sa gauche.

« Votre Seigneurie est en ce jour de retour à la capitale ? » s'enquit, plein d'audace, l'un des subordonnés en s'avançant à genoux.

— Approchez-vous donc un peu ! ordonna Yu à tous les présents, sans lui répondre. Alors ? Qu'ont donné vos tournées d'inspection ? »

Les interpellés jouèrent des genoux tout en se lorgnant du coin de l'œil. Ils s'alignèrent près des vestiges du festin, très gênés à la vue des galettes

---

[43] S'asseoir les jambes écartées est considéré comme très malpoli en Chine comme en France. Mais c'était particulièrement visible à l'époque, puisque les chaises n'existaient pas (elles ont été introduites sous la dynastie Tang), et que la bienséance voulait qu'on s'agenouillât sur les nattes ou devant les tables basses, comme le font encore les Japonais dans certaines circonstances.

d'écorce de pin entamées et des os de bœuf rongés jusqu'à la moelle. Ils n'osaient même pas appeler les maîtres d'hôtel pour débarrasser.

« Votre Seigneurie, se décida l'un d'eux, ça s'est plutôt bien passé, l'impression générale est celle d'une situation excellente. La production d'écorces de pin et d'algues est conséquente, l'eau est bien sûr très abondante. Le peuple fait preuve d'une résilience exceptionnelle et s'est habitué très vite aux conditions dirimantes. Votre Seigneurie, notre peuple est connu pour s'adapter remarquablement aux pires difficultés, le monde entier lui reconnaît cette qualité.

— Votre insignifiant subordonné a par ailleurs élaboré un plan en vue de susciter les dons, poursuivit un autre dignitaire. Il s'agirait de monter une grande exposition des recettes de cuisine les plus insolites, puis nous demanderions à Mademoiselle Wei, cette jeune personne d'allure exotique[44], d'y présenter sa dernière collection de mode. Nous déclarerions au préalable que nous ne comptons que sur la vente des tickets, et qu'aucune contribution ne sera exigée à l'intérieur de l'exposition. Ainsi, nous pourrions attirer un plus large public.

— Excellente idée, dit Yu en s'inclinant légèrement dans sa direction.

— Cependant le plus urgent est d'envoyer une flottille de grands radeaux de bois pour ramener tous les savants sur les terres émergées, déclara un troisième éminent personnage. Puis, dépêchons une ambassade chez nos voisins du royaume des Nakimbras pour les informer d'une part de nos efforts de promotion de la

---

[44] Le nom de Wei 隗 était associé aux tribus Di 狄, les Barbares du Nord, et plus tard aux Hsiong-Nu (peut-être nos Huns).

culture, d'autre part qu'il serait désormais préférable de faire livrer le ravitaillement mensuel en ces lieux. Nos savants ont rédigé le rapport que voici, riche d'intéressantes suggestions : il y est écrit que la culture est vitale pour le pays, et qu'eux, les savants, sont l'âme de la culture. Si sa culture survit, alors la race chinoise survivra. Tout le reste est secondaire...

— Ils estiment aussi que la population est trop nombreuse, reprit le premier discoureur. En réduire un peu la taille est probablement la voie du retour à la Grande Paix. Ils parlent bien sûr des gens du vulgaire, de ceux qui ne peuvent dominer leurs passions, ni n'ont comme les Sages les moyens des plus subtiles conjectures. La maîtrise des affaires de ce monde exige un haut degré de subjectivité. Ainsi, comme disait Shakespeare... »

Qu'il aille se faire foutre, pensait Yu, mais à voix haute il dit :

« J'ai mené une enquête approfondie qui m'a amené à la conclusion suivante : l'élévation de digues est la cause de tous nos échecs. Il faudra désormais creuser des canaux ! Je ne sais ce qu'en pense cette honorable assemblée ? »

Un grand calme s'établit ; c'était le calme des cimetières. Le visage des dignitaires prit une teinte cadavérique, et nombreux furent ceux pris de malaises. La journée du lendemain allait sans doute voir un fort taux d'absentéisme au Bureau.

« Ce sont les méthodes de Tch'e-Yeou ! » osa en premier, mais à voix basse, un jeune bureaucrate soulevé d'indignation. Il fut suivi d'un vénérable et chenu personnage qui prit sur lui de risquer sa vie, ainsi du moins le voyait-il, pour s'opposer fermement à une initiative qui signait la fin du monde connu. Haut les cœurs !

« La misérable opinion de votre humble serviteur est que Votre Seigneurie doit comme qui dirait retirer ses paroles. L'endiguement a été décidé par feu votre père. "Rester trois années dans la voie tracée par son père, voilà la piété filiale !" – et cela fait moins de trois ans qu'il est monté au Ciel. »

Yu ne pipa mot.

Le suivant à s'exprimer avait la barbe et les cheveux poivre et sel et n'était autre que le fils adoptif de l'oncle de Yu :

« Sans compter toute la peine qu'il s'est donnée, jusqu'à emprunter au Seigneur d'en Haut un peu de Terre qui Respire ! Certes, cela a mis le Seigneur d'en Haut dans une rage noire, mais n'empêche que les eaux ont un tant soit peu reflué. Il me semble qu'il serait mieux avisé de continuer comme avant. »

Yu resta coi. Un haut fonctionnaire corpulent en profita pour intervenir, interprétant ce silence comme le signe d'une reculade imminente. Et bien qu'il eût le visage recouvert d'une couche de sueur grasse, ce fut d'un ton empreint d'une certaine insolence qu'il dit :

« Mieux vaut en effet que Votre Seigneurie parachève l'œuvre paternelle. Respecter les traditions vous permettra de plus de relever la réputation de votre famille. Peut-être Votre Seigneurie ne sait-elle pas ce que racontent les gens sur votre père...

— Bref ! L'endiguement est une méthode éprouvée et reconnue, interrompit le vieux aux cheveux blancs, sentant que le gros allait un peu loin. Tandis que les autres solutions soi-disant modernes ont jadis entraîné la chute de Chih-Long...

— Je sais, dit Yu en souriant. Les gens disent que Papa s'est changé en ours brun, d'autres prétendent que c'était en tortue à trois pattes, et il y a ceux qui affirment que je ne recherche que la gloire et le profit. Laissez-les parler. Ce que moi, je souhaite vous dire, c'est que j'ai parcouru les plaines et les montagnes et analysé leur configuration, que j'ai recueilli l'avis de leurs habitants, que j'ai constaté ce qu'il en était vraiment et que j'ai pris ma décision, et ce sera le creusement de canaux ou rien ! Tous mes collègues sont d'ailleurs d'accord avec moi. »

Il leva les deux mains sur ses côtés. Les chenus, les grisonnants, les visages pâlots, les gros qui transpiraient et ceux qui ne transpiraient pas, suivirent son geste du regard et aperçurent alors, comme pour la première fois, une rangée d'êtres immobiles semblables à des mendiants, noirs et émaciés, graves et muets, comme forgés de fer.

Quatre

APRÈS le départ du Seigneur Yu, le temps passa très vite. La capitale se montrait de jour en jour plus prospère, par touches presque imperceptibles. D'abord ce furent quelques richards qui s'habillèrent de longues robes de tussor, puis mandarines et pamplemousses apparurent aux étals des grandes épiceries ; aux murs des magasins de tissus pendaient de luxueuses étoffes de soie et de coton. Aux banquets des grandes maisons étaient désormais servis de la sauce de soja de qualité, des soupes d'ailerons de requin et des salades de bêche-de-mer. Suivirent les couvertures en fourrure d'ours et les capes en peaux de renard, et les dames arboraient boucles d'oreilles en or et bracelets d'argent. Il suffisait de se tenir devant sa porte pour voir passer d'étranges et merveilleuses choses : c'était des carrioles chargées un jour de flèches de bambou, le lendemain de planches de pin, un autre jour de rocailles aux formes bizarres destinées à la décoration des jardins, ou de produits de la pêche pour les amateurs de poisson cru. Parfois c'était une procession de tortues longues d'un pied deux pouces, tête rentrée dans la carapace, prisonnières de cages de bambou chargées sur des voitures à destination du Palais impérial.

« Maman, regarde ! Regarde les grandes tortues ! » criaient les enfants en les voyant, et ils couraient autour des voitures pour jouir du spectacle.

« Revenez vite, garnements ! Ce sont des trésors destinés à l'Empereur, qu'il vive dix mille années ! Vous allez vous faire couper le cou ! »

Et quant aux nouvelles en provenance du Seigneur Yu, elles arrivaient à la capitale aussi régulièrement que toutes ces richesses. Sous les auvents des maisons du peuple, à l'ombre des arbres qui bordaient les routes, on ne parlait que de lui et de ses exploits. Les plus courues de ces histoires étaient celle où il se transformait en ours brun et, de sa gueule et de ses griffes, creusait ou détournait les lits de neuf fleuves, ou celle où il convoquait généraux divins et troupes célestes pour s'emparer du démon Wou-Tche-Ki, celui qui avait fait se lever les vents et les flots, pour l'enterrer au pied de la Montagne de la Tortue. De l'Empereur Chouen plus personne ne parlait, si ce n'était pour évoquer son propre-à-rien de fils, le prince héritier Tan-Tchou.

Depuis longtemps il se disait que Yu allait bientôt rentrer à la capitale. Chaque jour une foule de curieux s'amassait à l'entrée de la passe pour être les premiers à apercevoir les étendards de son cortège. Mais rien, jour après jour ; dès lors les rumeurs se propageaient encore et se faisaient plus urgentes, et aussi plus crédibles. Un matin, alors que le temps était mi-figue mi-raisin, il passa finalement entre dix mille têtes qui bougeaient à l'unisson et rentra dans la résidence impériale de Tsi-Tcheou. Mais il n'y avait ni étendards ni cortège, rien qu'une troupe fort nombreuse de quasi-mendiants. Un grand gaillard aux membres épais fermait la marche, le visage noir et la barbe jaunâtre, les jambes torves et le dos voûté. Il portait dans ses deux mains une grande pierre plate et noire comme la nuit, à l'extrémité effilée – c'était la « tablette de jade noir », l'insigne de pouvoir que lui avait confié l'Empereur Chouen ; il avançait en répétant « S'il vous plaît, laissez-moi passer ! Faites place ! Faites place ! » et se frayait un chemin à travers la foule jusqu'à l'entrée du Palais impérial.

La populace resta à l'extérieur du Palais, poussant force acclamations et débattant dans un tintamarre semblable au bruit des vagues de la rivière Tche.

Chouen siégeait sur le Trône du Dragon. À la lassitude des années accumulées se rajoutaient ce jour-là quelques trépidations. À l'arrivée de Yu, il se leva poliment pour lui rendre son salut, laissa le grand ministre Kao Yao placer quelques phrases de bienvenue et dit :

« J'espère que tu as aussi quelques bonnes nouvelles à me rapporter.

— Hnng ! Qu'aurais-je à dire ? répondit Yu sans

détour. Chaque jour je ne pensais qu'au nouvel effort à fournir.

— Qu'est-ce à dire ? demanda Kao Yao.

—Le déluge est monté jusques aux cieux. Montagnes et collines ont été assaillies par les eaux, le petit peuple s'est retrouvé inondé. J'ai emprunté des chars pour aller sur les chemins herbeux, des bateaux pour aller sur les voies navigables, des luges pour les torrents de boue, des palanquins pour les sentiers de montagne. Sur chaque montagne, je traçais un passage à travers les forêts et avec l'aide de Yi, procurais grains et viande à chacun. J'ai fait déverser l'eau accumulée des rizières dans les fleuves et rediriger les fleuves vers la mer, et avec l'aide de Ts'i, ai pu donner à tous même les denrées les plus difficiles à trouver. Si quelque chose manquait sur place, je faisais venir d'ailleurs des surplus pour compenser. Si cela n'était toujours pas suffisant, je faisais déplacer les populations. C'est ainsi que tous vos sujets ont retrouvé le calme, et que partout les choses reprenaient forme.

— Oui, oui, que voilà de belles paroles ! s'exclama Kao Yao.

— Ah ! il faut être calme et circonspect pour être empereur. Ce n'est qu'en faisant preuve de bienveillance que le Ciel finira comme jadis par faire preuve de bienveillance envers nous ! » termina Yu.

Chouen poussa un soupir et lui confia la gestion des affaires de l'Empire. Tout devrait être mis à plat, il ne devrait plus y avoir de médisances. Quand Yu accepta ces conditions, Chouen soupira encore :

« Ne sois pas désobéissant comme Tan-Tchou qui n'a en tête que de mener une vie de débauche ! Il ne parle que par mensonges[45] et sème le trouble dans sa propre famille. Mon propre fils me gâche les jours qui me restent à vivre – sa vue même m'insupporte !

— Quatre jours après avoir pris femme, je suis parti en mission, répondit Yu. Mon épouse a donné naissance à mon fils Ah-Ts'i, mais jamais je n'ai eu le temps de m'en occuper ! C'est à ce prix que j'ai pu réguler les eaux, diviser l'Empire en cinq fiefs de chacun cinq mille lis, puis en douze provinces, et ainsi de suite jusqu'à la mer. J'ai nommé cinq vice-rois, tous très bien. Sur les tribus You-Miao toutefois il faudra songer à garder un œil.

— Mon Empire est de nouveau sur pied, et c'est bien à tes exploits que nous le devons », le félicita Chouen.

Alors le grand ministre Kao Yao, imité de son souverain, inclina solennellement la tête vers Yu. Après s'être retiré de la cour, il fit publier un Édit spécial ordonnant à tous ses sujets de prendre exemple sur le comportement exemplaire du Seigneur Yu. Le non-respect de cette prescription serait considéré comme attentatoire à la loi.

Ceci ne manqua de faire naître de grandes inquiétudes chez tous les marchands et boutiquiers. Mais fort heureusement, l'attitude de Yu évolua quelque peu après son retour à la capitale. Il ne recherchait

---

[45] Le texte original est 旱地上要撑船 *hàndì shang yào chēng chuán*, que plusieurs traducteurs français ou anglais précédents ont traduit par *vouloir faire avancer un bateau sur la terre ferme* ou des termes approchants. Mais cela n'a pas grand sens et nous avons choisi de rapprocher cette expression d'une autre plus utilisée en chinois, 旱地上打不得拍浮 *hàndì shang dǎbùdé pāifú*, qui se traduit littéralement par *on ne peut nager sur la terre ferme*, mais signifie en fait qu'il est impossible de raconter des mensonges à quelqu'un d'intelligent.

certes toujours pas les mets délicats ni les boissons raffinées, mais se montrait volontiers ostentatoire quand il organisait sacrifices ou liturgies. Ses habits étaient simples, mais il se faisait un point d'honneur d'être élégamment vêtu quand il tenait audience ou recevait un hôte. La conjoncture n'en souffrit donc nullement, et il fallut peu de temps avant que les marchands se mettent à louer le comportement du Seigneur Yu et à approuver l'édit du Seigneur Kao. Finalement la paix était revenue, et la prospérité. Et même les bêtes sauvages en dansaient de joie, tandis que les phénix venaient à tire d'aile se joindre aux festivités.

Novembre 1935

En cueillant les osmondes

Po-Yi et Chou-Ts'i, frères vertueux mais naïfs.

LA LOYAUTÉ jusqu'à la mort, au risque du ridicule… voilà le thème de cette nouvelle qui voit la déchéance de deux vieillards, princes héritiers jetés sur les routes du Royaume par leur excès de piété, filiale pour l'un, fraternelle pour l'autre.

Personnages somme toute assez peu connus, Boyi et Shuqi[46] apparaissent toutefois dans quelques ouvrages classiques et ont droit à leur chapitre dans les Annales Historiques de Sima Qian[47]. Le récit se déroule dans une époque de transition, alors que le Mandat du Ciel va changer de mains. La dynastie Shang finissante est discréditée par le comportement abject et cruel de son dernier Roi[48], et un clan vassal mais puissant, les Zhou, basé à l'ouest de la Grande Plaine dans la vallée de la Wei, s'apprête à la renverser. Cet épisode est d'ailleurs la répétition exacte du scénario qui a vu, six siècles plus tôt, les Shang arracher le pouvoir à la première dynastie, les Xia. La similitude va jusqu'à l'influence maligne de trop belles concubines et l'existence de lacs d'alcool dans lesquels s'ébattent courtisans et hétaïres. L'Histoire chinoise est ainsi faite de symbolismes cycliques. Ces manquements à la morale — et il y en eut bien d'autres ! — devraient justifier le renversement des Rois dégénérés ; mais Boyi et Shuqi ne l'entendent pas de cette oreille. Eux-mêmes issus d'un clan mineur vassal des Shang, ils fuient la cruauté du Roi mais pousseront leur logique jusqu'à refuser la trahison des Zhou envers leur suzerain…

Bien qu'ils n'aient pas été écoutés, les deux frères resteront pour les siècles des siècles comme des symboles de vertu et de

---

[46] *Bóyí* 伯夷 et *Shūqí* 叔齐, en EFEO Po-Yi et Chou-Ts'i.

[47] Annales historiques : 史记 *Shǐjì*. Rédigées autour de l'an -100.

[48] Le dernier Roi des Shang (Chang en EFEO) est en général connu sous son nom posthume péjoratif de Zhou (纣, caractère qui désigne une sangle de selle qui passe sous le postérieur du cheval). Ce nom ne sera toutefois pas utilisé dans la traduction pour éviter la confusion avec le caractère homophone 周 désignant le clan qui va renverser les Shang et fonder la dynastie Zhou (Tcheou en EFEO).

loyauté. De son côté, le Roi Wu de Zhou se lance à l'assaut du territoire des Shang et défait ces derniers à la bataille de Muye (1046 avant notre ère). Le règne des premiers Zhou sera plus tard érigé par Confucius en modèle idéalisé de gouvernement.

Un

DEPUIS SIX MOIS, le calme de l'asile de vieillards était inexplicablement brisé. Les pensionnaires se perdaient en conciliabules et couraient dans tous les sens avec une singulière énergie. Seul, Po-Yi s'efforçait d'ignorer ce qui ne le regardait pas, et comme l'automne s'était installé et qu'il craignait le froid en raison de son grand âge, il restait assis toute la journée au sommet des escaliers à lézarder au soleil. Même s'il entendait des pas pressés tout autour de lui, il se faisait un point d'honneur à ne pas lever la tête pour voir ce qui se passait.

« Frère aîné ! »

Po-Yi reconnut Chou-Ts'i à sa voix. Il avait toujours professé la plus grande politesse et se leva avant de se redresser et d'agiter la main, faisant signe à son cadet de s'asseoir au bord des marches.

« Frère aîné, il me semble que la situation est en train de tourner au vinaigre ! » haleta Chou-Ts'i en s'asseyant à son côté, la voix tremblotante.

« Que se passe-t-il donc ? » Po-Yi tourna la tête et vit que le visage déjà fort pâle de Chou-Ts'i était carrément livide.

« Vous connaissez l'histoire de ces deux aveugles qui se sont enfuis de la cour des Chang...

— Mmmm… il me semble en effet que San Yi-Cheng en a parlé il y a quelques jours. Je n'y ai pas prêté attention.

— Je suis allé leur rendre visite aujourd'hui. L'un est un grand-maître tout décati, l'autre un jeune maître en pleine possession de ses moyens. Ils ont apporté avec eux un tas d'instruments de musique. J'ai entendu dire qu'ils avaient ces derniers jours monté une exposition dont tous les visiteurs se sont extasiés. Et malgré cela il semble que la musique n'arrive pas à couvrir les bruits de bottes…

— Partir en guerre pour des instruments de musique ? Cela ne saurait être conforme à la Voie des anciens rois, chevrota Po-Yi.

— Ce n'est pas simplement pour les instruments. Et vous savez que le roi de Chang a pour le moins dévié de la Voie. Récemment, il s'est amusé à trancher les pieds d'un type qui traversait le fleuve à la nage de bon matin sans craindre le froid, sous prétexte d'observer la qualité de sa moelle osseuse ; et il a fait arracher le cœur du prince Pi-Kan pour vérifier qu'il avait sept orifices[49]… Ce n'était qu'une rumeur, mais les aveugles en ont confirmé la véracité à leur arrivée. Ils ont aussi raconté dans les moindres détails comment le roi de Chang bousculait les anciennes traditions, ce qui a toujours été en soi un motif suffisant pour monter une expédition punitive. Mais quant à moi, j'estime que de se rebeller contre son suzerain n'est pas non plus conforme à la Voie des anciens Rois…

---

[49] Caractéristique mythique des sages et des saints. C'est la concubine du Roi qui l'incite à commettre ces actes atroces (voir plus loin la note sur Daji).

— Nos portions de galettes se réduisent de jour en jour, c'est bien le signe qu'il va se passer quelque chose, dit Po-Yi après avoir ruminé ces propos un moment. Je te suggère de ne pas trop sortir, de parler le moins possible, et de te contenter de faire tes séances de t'ai-tsi-ts'iuan tous les matins comme avant !

— Vous avez raison… » dit Chou-Ts'i à mi-voix.

Il se montrait plein de respect pour son frère aîné, mais Po-Yi sentait bien qu'il n'était pas convaincu et continua :

« Réfléchis donc un peu : nous sommes ici des invités et nous ne pouvons rester que parce que le Comte d'Occident[50], avait pris en pitié quelques pauvres vieux. Alors, même si les rations diminuent, il ne faut surtout rien dire, quelle que soit l'agitation autour de nous. Pas de vagues !

— Alors, n'aurions-nous donc vécu tant d'années qu'à seule fin de chercher à en grappiller encore quelques-unes de plus ?

— Je te répète que le mieux est d'en dire le moins possible. Je n'ai de toute façon pas la force d'écouter toutes tes histoires. »

Po-Yi fut pris d'une quinte de toux et Chou-Ts'i se tut. Quand la toux s'arrêta, le silence s'installa. Sous les rayons du soleil couchant de fin d'automne, leurs deux barbes blanches resplendissaient.

---

[50] Comte d'Occident : 西伯 *Xī Bó* titre nobiliaire du chef du clan des Zhou, considéré comme le fondateur de la dynastie Zhou (sous le titre posthume de roi Wen : 文王 *Wén wáng*), bien que ce soit en réalité son fils Wu qui ait battu les Shang. Wen avait cependant depuis longtemps préparé cette victoire pour se venger des rois Shang, dont l'un avait assassiné son père et un autre, le dernier, l'avait retenu comme otage dans sa jeunesse. La légende lui attribue la création des 64 hexagrammes du Yijing sur la base des Huit Trigrammes de Fuxi.

Deux

L'AGITATION perdurait et s'amplifiait. Et non seulement les rations de galette allaient toujours en rapetissant, mais la farine en était de plus en plus grossière. Les occupants de l'hospice menaient toujours plus de discrètes palabres et Chou-Ts'i, dès qu'il entendait chars ou chevaux passer sur la route, ne pouvait s'empêcher d'aller y jeter un coup d'œil. Quand il revenait il gardait le silence, mais son air inquiet empêchait Po-Yi de se la couler douce : il semblait bien que son cadet estimât que leur ration allouée de tranquillité allait bientôt être complètement épuisée.

Un matin de la dernière décade du onzième mois, Chou-Ts'i se leva comme tous les jours de bonne heure pour sa séance de t'ai-tsi-ts'iuan. Mais en arrivant dans la cour il tendit l'oreille puis ouvrit le portail et sortit en courant. Le temps de cuire dix galettes, il revenait, dans tous ses états et le nez rouge de froid, émettant sans discontinuer de petites bouffées de vapeur blanche.

« Frère aîné ! Debout ! Les soldats sont de sortie ! »

Il se tenait devant le lit de Po-Yi, les bras le long du corps en signe de respect, mais sa voix était à l'évidence moins posée que d'habitude.

Po-Yi craignait le froid et renâclait à l'idée de se lever de si bon matin. Mais en voyant son frère aussi fébrile, ses sentiments prirent le pas sur sa réticence et il se redressa en serrant les dents. Il jeta sa tunique de peau sur ses épaules et enfila maladroitement son pantalon sous les couvertures. Chou-Ts'i racontait en l'attendant :

« J'étais parti m'entraîner mais j'ai cru entendre des mouvements de troupes à l'extérieur, alors je me suis dépêché d'aller voir sur la grand-route – c'était bien ça ! D'abord est passé un grand palanquin tout blanc, avec quatre-vingt-un porteurs, et sur le palanquin une grande colonne de bois sur laquelle était inscrit Cippe du roi Wen de Tcheou[51]. Les soldats suivaient. Je me suis dit : « C'est sûrement pour attaquer le roi de Chang ». Le présent roi de Tcheou est d'une grande piété filiale et chaque fois qu'il décide d'une action d'envergure, il fait précéder son cortège de la colonne funéraire de son père Wen. J'ai observé un moment et je suis revenu en courant ; je ne m'attendais pas à voir une affiche collée sur le mur de l'hospice… »

Po-Yi avait fini de s'habiller et les deux frères sortirent de la pièce. En sentant le froid piquant ils se recroquevillèrent sur eux-mêmes. Cela faisait longtemps que Po-Yi ne s'était pas autant remué, et en sortant du foyer le voisinage lui apparut nouveau et rafraîchissant. Au bout de quelques pas, Chou-Ts'i tendit le bras vers le mur. Il y avait en effet une affiche de grand format :

> *Considérant la conduite du présent roi de Chang qui, se pliant aux paroles de la reine consort, s'est aliéné le Ciel en brisant l'harmonie du Ciel, de la Terre et de l'Homme, et a renié sa fratrie ;*
> *Considérant qu'il a rejeté l'art musical ancestral et créé des chants obscènes pour remplacer les airs sacrés et complaire à son épouse ;*

---

[51] Une cippe est une colonne inscrite servant de stèle funéraire ou à d'autres usages. Pour le roi Wen : voir la note précédente.

*Nous proclamons que l'heure est désormais venue
d'appliquer le châtiment du Ciel ;
Nous appelons chacun à accomplir son devoir – ni
demain, ni après, mais en ce jour !*

Leur lecture achevée, sans se concerter, ils se
dirigèrent vers la route. Entre-temps la populace
s'était rassemblée et pas même une goutte d'eau ne
serait passée entre ses rangs serrés. De derrière ils
demandèrent qu'on leur fît place. Les gens se
retournèrent et, apercevant deux barbes blanches,
appliquèrent les consignes de déférence du roi Wen et
s'empressèrent de s'écarter pour les laisser accéder
devant. La colonne de bois était bien sûr depuis
longtemps hors de vue et maintenant défilaient rang
après rang de guerriers cuirassés. Le temps de cuire à
peu près trois cent cinquante-deux galettes de grandes
dimensions, leur succédèrent un grand nombre de
soldats portant haut des enseignes à neuf fanons de
soie. Puis vinrent d'autres hommes en armure suivis
de dignitaires civils et militaires montés sur de grands
chevaux à l'encolure fièrement dressée. Ils entouraient
un personnage d'allure martiale et imposante, au
visage cuivré encadré d'un collier de barbe, qui portait
dans la main gauche une hache dorée et dans la main
droite une queue de bœuf : c'était le roi Wu de
Tcheou qui s'était mis en route pour appliquer la
punition décidée par le Ciel.

Des deux côtés de la route, tous ses sujets sans
exception se tenaient dans l'attitude la plus révé-
rencieuse, nul ne bougeait, nul ne pipait mot. Ce calme
irréel fut brisé à l'improviste par Chou-Ts'i qui se jeta
en avant en tirant son aîné, se faufila entre plusieurs

chevaux pour saisir les rênes du cheval du roi, et se mit à hurler, tête levée vers le cavalier :

« Ton père n'est même pas enterré que déjà tu pars en guerre, est-ce là l'expression de la piété filiale ? Un vassal qui tente abattre son suzerain, est-ce là l'expression de la bénévolence ? »

Les sujets sur le bord de la route comme les grands officiers à cheval restèrent d'abord pétrifiés. La queue de bœuf dans la main du roi de Tcheou vacilla même légèrement. Mais à peine Chou-Ts'i avait-il proféré ces mots que dans un grand fracas métallique plusieurs sabres descendirent vers les crânes des deux vieillards.

« Arrêtez ! »

C'était la voix du grand patriarche Tsiang et pas un des officiers n'aurait osé lui désobéir. Ils retinrent leurs armes et se tournèrent vers son visage encadré lui aussi d'une barbe et de cheveux blancs, mais bien plus grassouillet.

« De simples personnes vertueuses. Laissez-les aller ! »

Ils remirent aussitôt leur sabre au fourreau. Quatre guerriers cuirassés s'avancèrent, saluèrent respectueusement Po-Yi et Chou-Ts'i, levèrent les mains et, à deux guerriers par vieillard, au pas de l'oie, les raccompagnèrent manu militari jusqu'au bord de la route. La foule s'écarta en hâte pour les laisser traverser. Les guerriers cuirassés lâchèrent alors leurs fardeaux, saluèrent une nouvelle fois et leur appliquèrent une rude poussée dans le dos. Les deux vieillards poussèrent un cri de douleur et titubèrent sur une dizaine de mètres avant de s'écrouler au sol. Chou-Ts'i se protégea de ses mains et s'en tira avec le visage couvert de boue. Mais Po-Yi était bien plus décrépit ; son crâne heurta une pierre qui se trouvait là par malchance et il s'évanouit.

Trois

QUAND la grande armée fut enfin passée, il n'y eut plus rien à voir et les badauds s'intéressèrent alors à Po-Yi qui gisait toujours et à Chou-Ts'i qui s'était rassis. Certains les connaissaient et racontèrent à qui voulait l'entendre qu'il s'agissait de deux princes héritiers du seigneur de Kou-Tchou au Leao-Hi, ayant renoncé au trône et pris la fuite jusqu'ici pour se réfugier dans le foyer pour vieillards fondé par l'ancien roi. Ce petit discours ne manqua pas de provoquer moult exclamations d'admiration ; certains allèrent jusqu'à s'agenouiller et tordre le cou pour mieux voir le visage de Chou-Ts'i. Quelqu'un partit préparer un bouillon au gingembre et d'autres allèrent avertir l'asile d'envoyer un battant de porte pour pouvoir transporter le blessé.

Le temps que cuisent cent trois ou cent quatre grandes galettes, les circonstances n'avaient pas évolué et les spectateurs commencèrent à se disperser. Encore un long moment et deux autres vieux arrivèrent de l'asile en boitillant, trimballant un battant de porte sur lequel avait été disposée une couche de paille : c'était une autre des règles édictées par le roi Wen concernant les soins à apporter aux personnes âgées. La porte fut jetée au sol avec un tel bruit que Po-Yi en reprit conscience et rouvrit les yeux. Chou-Ts'i poussa un cri de joie et aida à installer son frère, avec d'infinies précautions, sur le battant. Ils se dirigèrent vers l'asile. Le cadet marchait sur le côté et tenait une corde de chanvre qui pendait au bois.

Ils avaient parcouru tant bien que mal soixante ou soixante-dix pas quand ils entendirent une voix qui criait de loin : « Vous là-bas ! Attendez un peu ! Le bouillon de gingembre arrive ! » C'était une jeune femme, une jatte de terre cuite dans les mains, qui courait vers eux, mais pas trop vite, car elle craignait que le bouillon ne se renversât.

Tout le monde dut s'arrêter pour l'attendre. Chou-Ts'i la remercia pour sa compassion. Quand elle vit que Po-Yi était déjà réveillé, elle eut l'air un peu désappointée mais après réflexion lui conseilla quand même d'en boire pour se réchauffer l'estomac. Mais Po-Yi ne supportait plus les mets ou les boissons épicés et refusa obstinément de boire.

« Qu'est-ce qu'on va faire alors ? dit-elle, fâchée. C'est du gingembre ancien qui marine depuis huit bonnes années… Nulle part ailleurs vous ne trouverez quoi que ce soit de comparable ! Et puis chez moi non plus personne n'aime les plats épicés… »

Chou-Ts'i n'avait plus d'autre choix que d'accepter la jatte de bouillon et de convaincre tant bien que mal Po-Yi d'en boire une gorgée et demie. Il en restait beaucoup ; il déclara qu'il souffrait justement lui-même de douloureuses flatulences et avala le tout jusqu'à la dernière goutte. Les yeux écarlates, il s'abîma en éloges sur la puissance du bouillon, remercia encore une fois la jeune femme pour sa gentillesse et mit ainsi fin à l'incident.

Une fois de retour à l'asile, aucune séquelle ne se déclara. Le troisième jour déjà Po-Yi put se relever, malgré son front encore bien tuméfié et un sérieux manque d'appétit.

Les gérants refusaient de les laisser retourner à leur quiétude et leur donnaient de temps en temps à connaître des nouvelles fort dérangeantes, communiqués officiels ou rumeurs. Au début du douzième mois, ils apprirent ainsi que la grande armée avait déjà franchi le fleuve Jaune au Gué de l'Alliance sans qu'un seul des barons ne manquât à l'appel. Un peu plus tard leur parvint une copie du Grand Serment du roi Wu, calligraphiée spécialement pour les résidents de l'asile de vieillards dont on craignait qu'ils n'eussent plus leurs yeux d'antan : chaque caractère était aussi gros qu'une noix. Mais Po-Yi n'avait même pas la volonté d'aller le lire et laissa Chou-Ts'i le lui réciter à haute voix. Pas grand-chose ne l'intéressa, mais la citation « Ayant renoncé aux grands sacrifices ancestraux, il a abjuré sa propre patrie...»[52], scandaleusement hors contexte, sembla le blesser jusqu'au fond du cœur.

Les rumeurs couraient nombreuses : on disait que le chef de guerre des Tcheou avait livré victorieuse bataille contre le roi des Chang sur la plaine de Muye. Le massacre avait laissé la prairie couverte de cadavres à perte de vue, des rivières de sang s'étaient formées et les troncs y flottaient comme l'herbe sur l'eau. Mais on disait aussi que, bien que l'armée du roi de Chang eût été forte de sept cent mille hommes, il n'avait pas osé livrer combat et s'était retiré dès qu'il

---

[52] 自弃其先祖肆祀不答，昏弃其家国 *zì qì qí xiān zǔ sì sì bù dá, hūn qì qí jiā guó* : il s'agit d'une citation des *Annales Historiques*, décrivant le jugement porté par le vainqueur Wu sur le roi décadent. Po-Yi, réfugié politique, prend probablement la critique pour lui-même...

avait vu le Patriarche Tsiang avancer à la tête de sa grande armée, laissant ainsi la voie libre au roi Wu.

Certes, ces deux récits différaient sur quelques points de détail, mais le fait qu'une grande victoire avait été acquise pour Tcheou ne faisait aucun doute. Après cela on entendit de temps à autre des histoires sur les trésors de la Terrasse du Cerf ou sur le riz blanc entassé dans les greniers royaux du Grand Pont qui confirmaient la véracité de ces récits de victoire. Par ailleurs des soldats blessés étaient peu à peu rapatriés, ce qui semblait faire pencher la balance en faveur des rumeurs de grande bataille. Et parmi les blessés qui étaient encore capables de se déplacer, quoique avec difficulté, la plupart passaient leur temps dans les maisons de thé, dans les débits de boissons, chez les barbiers, ou bien flemmardaient assis sur leur porche ou devant leur porte et racontaient leurs campagnes. Tous disposaient d'un auditoire qui les écoutait avidement avec des Oh ! et des Ah !. Le printemps arriva ; il ne faisait plus aussi froid dehors, et les récits des vétérans se prolongeaient souvent fort avant dans la nuit.

Po-Yi et Chou-Ts'i avaient de plus en plus de mal à digérer les galettes qu'on leur servait à chaque repas. Quant au sommeil, rien de changé : ils se mettaient au lit dès la nuit tombée mais n'arrivaient jamais à s'endormir. Po-Yi se retournait sans cesse dans son lit et en l'entendant, Chou-Ts'i ne savait si la colère ou la pitié l'emportait dans son cœur. Alors, souvent, il se relevait, se rhabillait et allait marcher dans la cour ou bien s'entraînait au t'ai-tsi-ts'iuan.

Une nuit – c'était une nuit étoilée mais sans lune – alors que tous dormaient tranquillement dans l'hospice,

Chou-Ts'i entendit des voix derrière la porte. Il n'avait jamais été homme à écouter en cachette les bavardages des gens ; mais cette fois-ci, sans qu'il sût lui-même pourquoi, ses pieds s'immobilisèrent et il prêta l'oreille.

« Ce salopard de roi de Chang ! Une seule petite déculottée, et il prend ses jambes à son cou pour se réfugier à la Terrasse du Cerf, dit une voix, probablement celle d'un soldat blessé rapatrié. Putain d'sa mère ! Il a empilé tous ses trésors, s'est assis en plein milieu et y a foutu le feu !

— Ah là là ! Quel dommage ! commenta la voix du gardien.

— T'en fais pas ! Il n'a fait que se cramer tout seul, les trésors sont intacts. Notre Grand roi est rentré chez les Chang à la tête de ses barons. Tous les habitants sont sortis dans les faubourgs pour nous accueillir, le roi a ordonné à ses officiers de les saluer en criant : « Vivez en paix ! ». Tu les aurais vus tous se jeter à terre pour le kowtow ! Les troupes sont passées direct, et au-dessus de chaque porte de la ville il y avait deux bannières géantes sur lesquelles était écrit : Peuple soumis. Le char du roi s'est rendu à la Terrasse du Cerf, à l'endroit où s'était suicidé le roi de Chang. Le roi Wu a tiré trois flèches sur son cadavre...

— Mais pourquoi donc ? Il craignait qu'il ne soit pas vraiment mort ?

— Qui sait ? Et après les trois flèches, il a sorti son épée légère pour le frapper, une fois seulement, puis il a pris sa hache dorée, et schlak ! il lui a coupé la tête pour la suspendre au grand étendard blanc. »

Chou-Ts'i était estomaqué.

« Ensuite il est allé chercher les deux concubines du roi de Chang. Hé ! Ça faisait longtemps qu'elles s'étaient passé la corde au cou ! Le Roi les a encore lardées de trois flèches chacune pour la peine, leur a donné un coup d'épée, et leur a coupé la tête avec sa hache noire pour les pendre au petit étendard blanc. Et puis…

— Est-ce que ces deux concubines étaient vraiment belles ? l'interrompit le gardien.

— J'ai pas bien vu… Il y avait foule pour ce spectacle, la hampe de l'étendard était très haute et ma blessure me faisait tellement mal que je n'ai pas essayé d'approcher.

— Il paraît que celle qui s'appelait Ta-Tsi[53] était un esprit-renard et que ses pattes arrière n'avaient pas pu se transformer en pieds. C'est vrai qu'elle se servait d'étoffes pour les dissimuler ?

— Qui sait ! Je n'ai pas non plus vu ses pieds. Mais là-bas, il y a plein de filles qui ont les panards tout pareils à des pieds de cochon[54] ! »

Chou-Ts'i était homme à principes et quand il les entendit parler de la tête du souverain déchu puis des

---

[53] 妲己 *Dájǐ*, la favorite des concubines du Roi Zhou de Shang, dont la beauté, le sadisme et les penchants pervers sont selon la tradition chinoise les causes principales de la déchéance du Roi et de la chute de la dynastie (toujours la faute des femmes !). C'est dans le roman L'investiture des Dieux du XVIe siècle qu'elle est dépeinte comme un esprit-renard. Sa mort est généralement décrite comme de la main du Roi Wu plutôt que de la sienne propre.

[54] Cette allusion aux pieds bandés, qui ressemblent à des sabots d'animal, est évidemment anachronique dans ce contexte : cette cruelle tradition n'a commencé à se répandre en Chine qu'à partir de la dynastie des Song, soit plus de 2000 ans après les événements de ce récit. Lu Xun, ici encore, n'hésite pas devant l'anachronisme pour critiquer les travers de sa propre époque.

pieds des concubines, il se couvrit les oreilles en hâte et se détourna pour rentrer en courant dans sa chambre. Po-Yi n'était toujours pas endormi et lui demanda à voix basse :

« Tu es encore allé t'entraîner ? »

Chou-Ts'i ne répondit pas et s'approcha lentement. Il s'assit au bord du lit de son frère, courba la taille et lui raconta par le menu ce qu'il venait d'entendre. Suite à quoi les deux vieillards sombrèrent dans un profond silence, finalement rompu par Chou-Ts'i qui poussa un soupir douloureux et dit tout doucement :

« Je n'aurais pas cru qu'il quitterait la voie du Roi Wen... Tu vois bien qu'il manque autant de bénévolence que de piété filiale ! Dans ces conditions, nous ne pouvons pas continuer à nous nourrir de ce qui nous est servi ici.

— Mais que faire ? demanda Po-Yi.

— Je crois qu'il faut partir... »

Après une brève délibération, ils décidèrent de quitter l'hospice dès le lendemain à l'aube, de ne plus jamais manger les galettes de Tcheou et de ne rien emporter. Ils se dirigeraient vers le Mont Houa[55] et se nourriraient, pour le crépuscule de leurs jours, de fruits sauvages et de feuilles d'arbre. De plus, « le Ciel n'a d'autres favoris que les hommes de bien »[56], qui sait

---

[55] Mont Houa : 华山 *Huàshān*, la plus occidentale des cinq montagnes sacrées de la tradition antique. Elle est située dans la province du Shaanxi et comporte cinq pics dont le plus haut culmine à plus de 2000 m. Aujourd'hui encore ces montagnes accueillent des lieux de culte tant taoïstes que bouddhistes, quand d'autres groupes de ''montagnes sacrées'' sont plus spécifiques à l'une ou l'autre de ces religions.

[56] 天道无亲，常与善人 *Tiān dào wú qīn, cháng yǔ shànrén* : citation du *Livre de la Voie et de la Vertu* de Laozi (verset 79), qui pourrait donc apparaître anachronique ici mais qui a en fait

s'ils ne trouveraient pas en sus des racines d'atractyle noire[57], voire des truffes !

Du fait de s'être ainsi décidés, leur humeur se trouva considérablement allégée. Chou-Ts'i se déshabilla de nouveau et s'allongea. Il entendit bientôt Po-Yi qui parlait dans son rêve. Il se sentait pour sa part d'agréable humeur et il lui semblait inhaler déjà la fraîche odeur de truffe et, plongé dans cette fragrance, il s'endormit profondément.

Quatre

LE LENDEMAIN, les deux frères se réveillèrent bien plus tôt que d'habitude. Leur toilette achevée, peignés de frais, ils franchirent la grande porte de l'asile de vieillards, bâton à la main, sans se charger de quoi que ce soit et prétendant qu'ils partaient pour une simple promenade ; et qu'auraient-ils eu, d'ailleurs, à emmener, à part leurs vieilles tuniques de peau de mouton dont ils n'eurent le cœur de se séparer et dont ils s'étaient couverts, et les quelques galettes qui leur restaient ? Au fond du cœur, sachant qu'ils allaient quitter ces lieux pour toujours, ils éprouvèrent comme un pincement de nostalgie et se retournèrent plusieurs fois en s'éloignant.

Il y avait encore peu de passants sur la route. Les seules personnes qu'ils virent étaient des femmes aux yeux bouffis de sommeil qui puisaient l'eau au puits.

été utilisée par Sima Qian , auteur des *Annales Historiques*, dans son chapitre portant sur Boyi et Shuqi.

[57] Atractyle noire : 苍术 *Cāng zhú* ou *Atractylodes Lancea*, plante au rhizome comestible, possédant de nombreuses vertus médicinales.

Quand ils approchèrent des limites de la ville, le soleil était haut dans le ciel et ils croisaient beaucoup plus de monde. Tous avaient l'air satisfait d'eux-mêmes et marchaient la tête haute, mais en les voyant, ils les laissaient respectueusement passer comme d'habitude. Il y eut bientôt de plus en plus d'arbres, et certains des feuillus dont ils ne connaissaient pas le nom étaient déjà couverts de bourgeons qui formaient comme une brume gris-vert ; les quelques conifères perdus au milieu des massifs apparaissaient comme des taches indistinctes de vert plus sombre.

Leurs yeux étaient emplis de cette vastité, de cette liberté, de cette beauté ; Po-Yi et Chou-Ts'i se sentaient rajeunis, leurs pas leur semblaient plus légers, et leurs cœurs étaient libres de tout souci.

L'après-midi du deuxième jour, ils arrivèrent en vue de plusieurs embranchements et ne purent déterminer quelle route était la plus courte. Ils interrogèrent très poliment un autre vieillard qui venait de la direction opposée.

« Hélas ! quel dommage ! dit le vieux. Un tout petit peu plus tôt, il vous aurait suffi de suivre le troupeau de chevaux qui vient de passer. Le mieux à faire maintenant c'est de prendre cette route, il y aura encore de nombreux embranchements mais vous n'aurez qu'à poser la question une fois de plus. »

Chou-Ts'i se souvint qu'à la mi-journée ils avaient aperçu une poignée de soldats estropiés qui guidaient un groupe disparate de vieilles carnes et d'autres chevaux boiteux, galeux et efflanqués qui les rattrapaient. Les bêtes avaient failli les piétiner à mort. Il profita de l'occasion pour demander à leur interlocuteur s'il savait à quoi l'on destinait ces chevaux.

« N'êtes-vous pas encore au courant ? s'étonna l'autre. Notre Grand roi a fini d'appliquer le châtiment du Ciel, il n'est donc plus nécessaire de garder l'armée mobilisée en masse. Aussi a-t-il renvoyé les chevaux surnuméraires au pied du Mont Houa. Et pendant que les montures iront se prélasser au soleil sur l'herbe du versant sud de la montagne, nous, nous devrons toujours faire paître nos vaches sur les varennes à l'ombre du Verger des Pêchers[58] ! Vous pigez ? Hein ! Enfin, on pourra toujours dire que tout le monde aura à bouffer dans le grand plateau de riz de la Grande Paix ! »

Ce fut comme un seau d'eau froide en pleine figure ; les deux frères se mirent à grelotter. Mais ils ne proférèrent pas une plainte et remercièrent le vieux, puis s'engagèrent sur la route qu'il leur avait désignée. La nouvelle avait brisé leur rêve et tous deux, de ce moment, perdirent leur tranquillité d'esprit.

Le cœur en peine et la bouche close, ils allaient de l'avant. Le soir approchant, ils arrivèrent à proximité d'une petite levée de lœss sur laquelle poussaient des bosquets d'arbres abritant quelques huttes de terre. Ils décidèrent d'y demander le gîte pour la nuit. Alors qu'ils n'étaient qu'à à peine plus d'une dizaine de pas du pied de la colline, cinq gaillards fortement charpentés surgirent des frondaisons, la tête couverte d'un tissu blanc et vêtus de guenilles. Celui qui semblait être leur chef était armé d'un grand sabre tandis que les quatre autres tenaient des gourdins. Ils se

---

[58] Les *Annales Historiques* indiquent que cet endroit, sur le versant Est du Mont Hua, servait en effet au bétail. Le nom de « Verger des Pêchers », prestigieux, renforce l'amertume des propos du paysan qui voit les chevaux bénéficier des meilleures terres de pâture…

rangèrent en ligne pour leur barrer le chemin et s'exclamèrent à l'unisson, en hochant la tête respectueusement :

« Ô nobles vieillards, soyez les bienvenus ! »

Frappés de terreur, Po-Yi et Chou-Ts'i reculèrent de quelques pas. Po-Yi se mit à trembler. Chou-Ts'i était moins empêché ; il s'avança derechef et demanda qu'ils fissent état de leur identité et de leurs revendications.

« Votre serviteur n'est autre que Kiong-Ki le Jeune, roi du Mont Houa, dit l'homme au sabre, et je me fais le porte-parole de mes frères ici présents pour requérir de mes aînés le don d'un petit droit de passage.

— Nous sommes tout à fait à court d'argent, Majesté, répondit très poliment Chou-Ts'i. Nous sortons de l'asile de vieillards !

— Ah ! Vous devez donc être de très éminents Anciens ! dit Kiong-Ki en adoptant sur-le-champ un air encore plus déférent, s'il était possible. Vos humbles serviteurs suivent également les enseignements de l'ancien Roi et respectent leurs aînés, aussi vous prions-nous de nous laisser un petit souvenir… »

Et comme Chou-Ts'i ne répondait pas, il haussa le ton en agitant son sabre :

« Et si mes aînés continuent à se montrer si modestes, ils ne laissent à leurs serviteurs d'autre choix que d'appliquer le Mandat du Ciel et d'examiner vos dignes corps d'un peu plus près ! »

Sur quoi Po-Yi et Chou-Ts'i levèrent les bras. L'un des individus aux gourdins s'avança, les dépouilla de leur pelisse et de leur chemise et fouilla le tout en détail. Puis il se retourna d'un air déçu et rendit compte à son chef :

« Ces deux loqueteux n'ont vraiment rien du tout ! »

Kiong-Ki le Jeune vit que Po-Yi tremblait de tous ses membres et vint lui tapoter gentiment l'épaule :

« Noble vieillard, je vous prie de ne plus avoir peur ! Les bandits de Shanghai vous auraient mis à poil aussi sec[59], mais par ici nous sommes gens civilisés. Vous n'avez aucun souvenir à nous confier, eh bien ! disons que c'est la faute à pas de bol. Et maintenant, si j'ose me permettre, foutez-moi le camp d'ici ! »

Po-Yi ne trouva rien à rétorquer et les deux frères, sans même prendre le temps de se rhabiller correctement, s'élancèrent à grands pas. Les cinq gredins s'étaient rabattus sur le bord du chemin et leur laissaient le passage. En voyant ainsi leurs victimes s'empresser, ils se mirent au garde-à-vous et demandèrent tous en même temps :

« Vous partez déjà ? Ne boirez-vous pas un peu de thé ?

— Non merci… Non merci… » répondaient Po-Yi et Chou-Ts'i tout en marchant, sans cesser de hocher poliment la tête.

---

[59] Allusion très politique aux Triades de Shanghai (en particulier la 青帮 *Qīng Bāng* ou « Bande Verte ») qui, à la fin des années 20, contrôlaient la pègre de la ville et exécutaient les basses œuvres du gouvernement nationaliste de Tchang Kai-Shek, lui-même membre de la Triade. Inutile, bien sûr, de préciser que Shanghai n'existait aucunement à l'époque de nos deux vieux héros… L'expression originale 剥猪猡 *bāo zhūluó* « écorcher le goret », fait partie de l'argot de la pègre de la grande ville et désignait la pratique consistant à dépouiller totalement, y compris de leurs habits, les victimes d'agression à main armée.

Cinq

LE RETOUR des chevaux et la rencontre avec Kiong-Ki le Jeune, roi du Mont Houa, avaient causé quelques frayeurs aux deux frères et de sérieux doutes sur la viabilité de leur projet de s'y installer. Après en avoir de nouveau débattu, ils tournèrent leurs pas vers le nord. Marchant de jour et dormant la nuit, mendiant leur nourriture, ils arrivèrent finalement à la Montagne du Premier Soleil[60].

C'était vraiment une belle montagne. Pas trop haute, ni trop vaste, elle n'était pas recouverte d'impénétrables forêts et il n'y avait donc ni à craindre tigres ou loups, ni à se prémunir contre leurs équivalents humains. C'était un lieu d'ermitage idéal. À leur arrivée au pied de la montagne un premier regard leur révéla de jeunes feuilles d'un tendre vert émeraude, des sols de terre dorée, des étendues d'herbes folles où poussaient une multitude de petites fleurs rouges et blanches. Ce spectacle était plus que suffisant pour leur réjouir les yeux et leur réchauffer le cœur. Très satisfaits, ils entamèrent avec peine la grimpée sur un petit sentier de montagne, pas à pas, en s'aidant de leurs bâtons. Un rocher qui se dressait formait une sorte de petite grotte. Ils s'y assirent pour s'éponger le front et reprendre souffle.

Le soleil s'était déjà couché à l'Occident, les oiseaux fatigués étaient revenus se poser sur les arbres et pépiaient éperdument. Ce n'était plus la profonde quiétude de leur ascension mais ils s'émerveillaient de ce que tout leur apparaisse si nouveau et si

---

[60] 首阳山 *Shǒuyángshān*, montagne du Henan à trente kilomètres de Luoyang. C'est plutôt une colline, qui culmine à 360 m.

intéressant. Avant d'allonger leurs pelisses de mouton et de se préparer à dormir pour la nuit, Chou-Ts'i sortit deux boulettes de riz et ils s'en rassasièrent. C'était tout ce qu'il restait des aumônes amassées en route. Certes, ils avaient décidé de « ne plus manger le grain des Tcheou », mais il était préférable d'attendre d'être bien installés sur la montagne pour mettre leur résolution en pratique ; aussi allaient-ils terminer leurs provisions ce même soir, et dès le lendemain appliqueraient leur serment sans plus souffrir aucune exception.

Ils furent réveillés très tôt par le cri d'un corbeau mais se rendormirent et ne se levèrent que la matinée déjà bien entamée. Po-Yi déclara que sa taille le faisait souffrir et que ses jambes étaient pleines de courbatures ; il n'arrivait plus à se mettre debout. Chou-Ts'i dut se mettre seul à la recherche de quelque chose à manger. Après avoir marché quelque temps il comprit que ce qui faisait l'agrément de cette montagne, c'est-à-dire le fait qu'elle n'était ni trop haute ni trop vaste et qu'on n'y rencontrait ni bêtes sauvages ni brigands, pouvait présenter aussi quelques inconvénients : en dessous d'eux s'étendait le village du Premier Soleil et il croisait sur la montagne aussi bien des vieux ou des femmes venus ramasser du bois que des enfants qui s'y égayaient dans leurs jeux. Baies comestibles et grains sauvages étaient introuvables, ils avaient probablement été ramassés et consommés depuis longtemps.

Ses pensées s'orientèrent tout naturellement vers les truffes. Il y avait bien des pins sur les pentes, mais ils n'étaient probablement pas assez vieux pour abriter des truffes ; et à supposer le contraire, il n'avait pas de houe pour creuser entre les racines.

Alors il songea aux atractyles, mais il n'en avait jamais vu que les rhizomes et n'avait pas la moindre idée de la forme de leurs feuilles. Il ne pouvait tout de même pas arracher toutes les plantes de la montagne pour en examiner les racines ! Si de l'atractyle poussait devant ses yeux, il serait bien en peine de la reconnaître. Il fut pris d'un subit accès de colère, son visage le brûlait et il se grattait furieusement la peau du crâne.

Mais il se rasséréna très vite ; une idée lui était venue. Il marcha jusqu'au pied des arbres et remplit une de ses poches d'aiguilles de pins, puis trouva deux galets au bord d'un ruisseau et s'en servit pour broyer la peau verte des aiguilles. Il les lava soigneusement et continua à moudre jusqu'à obtenir quelque chose qui ressemblait à une galette. Il choisit une autre pierre, très fine, et rapporta le tout jusqu'à la grotte.

« Troisième cadet, la pêche est-elle bonne ? J'ai tellement faim que mon ventre fait glouglou depuis un bon moment.

— Frère aîné, je n'ai rien trouvé. Essayons ce truc… »

Il rapprocha deux gros cailloux et posa la pierre plate en équilibre. Il versa dessus la farine d'aiguille de pin, rassembla quelques branches mortes et alluma un feu sous la pierre. Après un temps très long, ils entendirent la bouillie crépiter et un fumet s'éleva, frais et alléchant. Chou-Ts'i sourit, soulagé : c'était une recette qu'il avait entendue au cours du banquet donné en l'honneur du quatre-vingt-cinquième anniversaire du Grand Patriarche Tsiang, alors qu'il était allé lui présenter ses vœux de longévité.

Des bulles crevaient maintenant à la surface de la pâte qui commençait à durcir sous leurs yeux, formant comme un biscuit. Chou-Ts'i se protégea la main de la manche de sa tunique et amena la pierre, avec un large sourire, à la hauteur de la bouche de son frère aîné. Tout en soufflant, Po-Yi s'efforçait d'attraper le biscuit. Il finit par en briser un coin qu'il engouffra en hâte. Il fronçait les sourcils tout en mâchant, leva le menton pour tenter quelques mouvements de déglutition, et recracha le tout dans un beuglement de détresse. Il fixa sur Chou-Ts'i un regard accusateur :

« C'est trop amer… et trop grossier ! »

Chou-Ts'i eut l'impression d'être tombé dans une profonde mare ; tout espoir disparaissait. En tremblant, il arracha à son tour un morceau du biscuit, commença à le mâcher et dut reconnaître qu'il n'avait rien de comestible : c'était en effet amer et grossier. Toute sa détermination avait disparu. Il retomba assis, la tête pendante. Puis il se remit à réfléchir, à réfléchir de toutes ses forces, comme s'il remontait en rampant les pentes de la mare. Il rampait, rampait, progressant sans relâche. Ses pensées remontèrent jusqu'à l'époque de sa plus tendre enfance, quand il était un petit prince royal sur les genoux de sa nourrice. La bonne femme était une paysanne et lui racontait des histoires de la campagne : comment l'Empereur Jaune avait battu Tch'e-Yeou, comment le grand Yu avait capturé le démon Wu-Tche-K'i, comment les paysans mangeaient des osmondes pendant les périodes de disettes.

Il se rappela aussi qu'il avait alors demandé à quoi ressemblaient les osmondes[61], et qu'il en avait

---

[61] Osmonde : 薇菜 *wēicài*, plante comestible de la famille des fougères dont il existe de nombreux espèces.

justement aperçu sur les pentes de la montagne. D'un seul coup ses forces lui revinrent ; il se leva et partit à la recherche de la plante dans chaque touffe d'herbe.

En effet, l'osmonde était loin d'être rare et à peine un li plus loin, il en avait déjà cueilli de quoi remplir la moitié d'une poche. Une fois encore, il lava sa récolte dans l'eau du ruisseau, retourna à leur campement et utilisa la pierre plate qui avait servi pour la farine d'aiguilles de pin pour cuire ses osmondes. Les feuilles tournèrent au vert sombre ; elles étaient à point. Cette fois-ci, il n'osa pas proposer son plat à son aîné en premier, mais se saisit d'une tige et la fourra dans sa propre bouche. Il mâchait en gardant les yeux fermés.

« Alors ? s'enquit Po-Yi anxieusement.

— Ch'est délichieux ! »

Po-Yi l'imita et ils se trouvèrent tous deux à sourire aux anges en dégustant leurs osmondes cuites. Po-Yi en mangea deux de plus, car il était l'aîné.

De ce moment ils allèrent chaque jour à la cueillette des osmondes. D'abord Chou-Ts'i les collectait seul, puis Po-Yi les cuisinait. Enfin ce dernier estima avoir repris assez de forces et se joignit à la cueillette. Ils variaient aussi les recettes : soupe d'osmondes, ragoût d'osmondes, purée d'osmondes, bouillon aux osmondes, pousses d'osmondes braisées dans leur jus, feuilles d'osmondes séchées…

Mais les osmondes étaient de plus en plus dures à dégotter dans leur voisinage immédiat. Et bien qu'ils prissent soin de laisser les racines en terre quand ils les cueillaient, elles mettaient longtemps à repousser. Chaque jour ils devaient aller un peu plus loin sous peine de revenir bredouilles. Ils déménagèrent à plusieurs reprises leur campement mais la même situation se répétait chaque fois, et il était de plus en plus difficile de trouver de nouveaux lieux propices pour s'installer, car il fallait que non seulement les osmondes y poussassent en abondance, mais aussi qu'un ruisseau en soit proche. Il ne pouvait pas y avoir tellement d'endroits adéquats sur la Montagne du Premier Soleil. Chou-Ts'i craignait que Po-Yi, trop âgé, n'ait une attaque s'il ne prenait pas plus de précautions. Il le supplia de rester tranquillement au campement et de s'occuper comme avant de la cuisine, tandis que lui repartirait tout seul à la recherche de la plante salvatrice.

Après que Po-Yi eut poliment tenté de décliner cette proposition, il finit par accepter et, de ce jour, se retrouva avec pas mal de temps libre. Comme sur la Montagne du Premier Soleil passait beaucoup de monde et qu'il n'avait rien d'autre à faire, et que par ailleurs son humeur s'était améliorée, de taciturne qu'il était il devint prolixe et ne put s'empêcher de bavarder avec les enfants ou d'aller taper un brin de causette avec les bûcherons. Peut-être parce qu'il se sentait content et en confiance, ou peut-être au contraire parce qu'un quidam l'avait traité de vieux mendiant, il dévoila bien vite le fait qu'ils étaient tous deux les enfants du Seigneur Kou-Tchou du Leao-Hi, lui l'aîné, l'autre le troisième. Leur père, au soir de sa vie, avait voulu abdiquer en faveur de ce dernier, qui, dès le décès, s'était empressé de rendre le trône à son aîné. Mais lui-même avait voulu respecter la volonté de son père et, pour éviter d'embarrassantes complications, s'était enfui. Contre toute attente son frère avait pris la même résolution. Ils s'étaient retrouvés sur la route et rendus ensemble chez le Comte d'Occident – le futur roi Wen, qui les avait placés à l'asile de vieillards. Et contre toute attente encore une fois, le successeur de Wen sur le trône de Tcheou s'était lancé dans le régicide, aussi les deux frères avaient-ils décidé de ne plus manger de son grain et de se réfugier sur cette montagne pour y vivre de plantes sauvages… Quand Chou-Ts'i eut vent de cela, il le blâma pour sa langue trop bien pendue ; mais le récit s'était déjà propagé et n'y avait plus moyen de rattraper le coup. Il n'osa pas faire plus de reproches à son aîné mais pensait en son for intérieur que quand Père avait refusé de lui laisser le trône, c'était peut-être qu'il avait de bonnes raisons…

Chou-Ts'i n'avait pas tort : les conséquences de cette étourderie furent catastrophiques. Non seulement le village bruissait de rumeurs sur leur compte, mais bientôt les gens se rendirent tout exprès sur la montagne pour les voir. Certains les traitaient comme des célébrités, d'autres comme des bêtes curieuses, d'autres encore comme d'antiques bibelots. On allait même jusqu'à suivre Chou-Ts'i dans sa quête d'osmondes, à entourer les deux frères pour les regarder manger, on gesticulait confusément et on leur posait d'innombrables questions jusqu'à ce que la tête leur tourne. Et il fallait malgré tout garder profil bas, car à la moindre inattention, au moindre froncement de sourcils, il serait difficile d'éviter qu'on ne les traitât de « capricieux ».

L'opinion publique, cependant, penchait nettement en leur faveur. Plus tard, ce furent même quelques dames et demoiselles qui vinrent leur rendre visite. Mais, rentrées chez elles, elles secouaient la tête et se plaignaient de n'avoir vu qu'un spectacle bien laid et de s'être ainsi laissé berner.

Il advint finalement que le plus haut notable du village, le sieur Hiao-Ping, fut troublé par les bruits qui circulaient. Il était le gendre adoptif de l'oncle maternel de Ta-Tsi, la concubine du Roi des Chang, et avait occupé les fonctions de Maître des Libations. Il avait compris à temps que le Mandat du Ciel avait changé de mains et était venu prêter allégeance au nouveau sage souverain à la tête de cinquante chariots de bagages et de huit cents esclaves mâles et femelles. Dommage que cela ait eu lieu quelques jours seulement avant le grand rassemblement de troupes du Gué de l'Alliance, car dans la fébrilité générale, le roi Wu n'avait pas eu le temps de lui assigner un poste convenable. Il l'avait laissé repartir avec quarante chariots et sept cent cinquante esclaves et lui avait inféodé deux cents mu[62] de bonne terre au pied de la montagne du Premier Soleil, en lui enjoignant de s'y retirer pour mener ses recherches sur les Huit Trigrammes dans le calme de la campagne. Le sieur Hiao-Ping était également amateur de belles lettres et comme les villageois, parfaitement analphabètes, ne comprenaient rien à la littérature, il en éprouvait de longue date une certaine vexation. Aussi ordonna-t-il à ses servants de préparer son palanquin et se rendit-il chez les deux vieillards, avec l'intention bien affirmée de discuter de littérature et surtout de poésie car il était aussi poète et avait déjà pondu un plein recueil de vers.

Mais après avoir discuté, c'est au contraire saisi d'une grande colère qu'il remonta dans son palanquin, secoua la tête et rentra chez lui. Il estimait que ces

---

[62] Soit environ quinze hectares.

deux vieilles badernes étaient incapables de parler poésie. Premièrement, ils n'étaient que des miséreux : occupés comme ils l'étaient à assurer leur subsistance, comment auraient-ils pu composer de jolis poèmes ? Deuxièmement, ils étaient « engagés » et avaient perdu la « sincérité » de la poésie. Troisièmement, ils avaient des opinions trop tranchées et n'étaient plus capables de « magnanimité »[63]. Et surtout l'on pouvait affirmer que leur caractère était tout entier pétri de contradictions. Ce fut donc avec un admirable sens de la justice qu'il déclara très décisivement :

« Tout ce qui sous le Ciel se trouve est terre du roi[64]. Les osmondes qu'ils consomment, n'appartiennent-elles donc pas aussi à notre saint souverain ? »

À ce stade, Po-Yi et Chou-Ts'i s'amaigrissaient de jour en jour. Et ce n'était pas en raison d'un excès de vie sociale, car en vérité les curieux se faisaient rares désormais. Le problème résidait dans le fait que les osmondes se raréfiaient, elles aussi, et que chaque jour, pour en trouver une brassée, ils s'épuisaient de plus en plus à marcher toujours plus loin.

---

[63] Sincérité et magnanimité sont les deux qualités essentielles de la poésie selon le Livre des Rites. Les reproches de Hiao-Ping aux deux frères, ici ou plus loin, rappellent étrangement ceux des membres de la Société de Création à Lu Xun. La Société de la Création (创造社 *Chuàngzào shè*), groupement littéraire fondé en 1921 au Japon par des étudiants chinois, prônait ''l'art pour l'art'' et refusait le détournement de la littérature à des fins politiques. Ses membres s'opposaient donc férocement au groupe d'écrivains engagés dont faisait partie Lu Xun, lequel d'ailleurs répliquait avec autant sinon plus encore de ferveur et d'acrimonie en leur reprochant de ne pas s'engager.

[64] Il s'agit d'une citation du Classique de la Poésie : 普天之下，莫非王土 *pǔ tiān zhī xià, mòfēi wáng tǔ*. Cette expression a depuis été transformée en proverbe, signifiant l'inviolabilité du territoire chinois.

Les malheurs n'arrivent jamais seuls. Quand vous tombez au fond d'un puits, les cailloux ont en plus tendance à vous dégringoler sur la tête.

Un jour, ils eurent tant de mal à dénicher des osmondes que leur déjeuner de plantes cuites ne put avoir lieu que tard dans l'après-midi. Apparut alors une jeune femme d'une vingtaine d'années que son allure identifiait comme une domestique de grande famille.

« Vous déjeunez ? » demanda-t-elle.

Chou-Ts'i leva le visage vers elle et s'empressa de lui sourire, puis opina de la tête.

« Et qu'est-ce que c'est que ces trucs ? demanda-t-elle encore.

— Des osmondes, dit Po-Yi.

— Comment ça se fait que vous en soyez réduits à manger ça ?

— Parce que nous ne voulons plus du grain des Tcheou… »

À peine avait-il ouvert la bouche que Chou-Ts'i le coupa d'un regard. Mais cette jeune femme semblait posséder une certaine jugeote, car elle avait compris. Elle rit, d'un rire froid, et s'exclama très fermement sur un ton empreint d'un sens admirable de la justice :

« Tout ce qui se trouve sous le Ciel est terre du roi ! Les osmondes que vous consommez, n'appartiennent-elles donc pas aussi à notre saint souverain ? »

Po-Yi et Chou-Ts'i l'entendirent fort et clair. Quand elle eut fini, ce fut comme s'ils avaient été frappés par le tonnerre, et ils s'évanouirent sous le choc. Quand ils reprirent conscience, l'oiseau de malheur était parti. Les osmondes étaient toujours là mais ils ne pouvaient bien sûr plus les manger, s'ils avaient essayé ils n'auraient pu les avaler et ils craignaient même de les regarder. Ils voulurent les écarter : leurs bras leur semblaient peser des centaines de livres et ils ne pouvaient plus les lever.

Six

UN BÛCHERON découvrit leurs cadavres dans une grotte sur l'autre versant de la montagne, tout recroquevillés sur eux-mêmes. C'était environ vingt jours après le passage de la jeune femme. Leurs corps n'étaient pas du tout décomposés, et bien que ce fût surtout parce qu'il n'y avait sur leur corps pas une once de gras, on devinait aussi que le décès ne remontait pas à longtemps. Leurs vieilles tuniques en peau de mouton ne les protégeaient plus et nul ne savait où elles étaient passées. Quand la nouvelle atteignit le village, elle suscita une nouvelle vague de badauds qui vinrent leur rendre visite et défilèrent bruyamment jusqu'au soir. Quelques personnes qui se sentaient plus concernées décidèrent de recouvrir les corps de terre jaune, puis, après force discussions, d'ériger une stèle de pierre où quelques mots gravés seraient destinés à l'édification des générations futures. Mais au village, personne ne savait écrire. Il fallut donc aller quérir le sieur Hiao-Ping. Lequel refusa tout net.

« Ils ne méritent pas que je m'en donne la peine, dit-il. Pauvres crétins qu'ils étaient ! Passe encore qu'ils se soient réfugiés à l'asile de vieillards, mais pourquoi alors ne pas se détacher des choses de ce monde ? Passe encore qu'ils se soient ensuite enfuis jusqu'à sur la Montagne du Premier Soleil, mais ils ont voulu se mettre à la poésie ! Bon, les poèmes, en soi, ça passe encore, mais il a fallu qu'ils y expriment leurs émotions plutôt que de se contenter de leur sort et de travailler « l'art pour l'art ! ». Regardez-moi ça ! Où est le caractère éternel d'un poème comme celui-ci ?

« Ah ! Gravir la montagne à l'Occident,
Y cueillir les osmondes ;
Ah ! Les bandits succèdent aux brigands,
Mais où va donc le monde ?
De Chen-Nong et des souverains Hsia, plus nulle trace !
Vers où puis-je donc me tourner ?
Ah ! Faut-il que je trépasse
Pour accomplir ma triste destinée ? »

« Lisez donc ! Qu'est-ce que c'est que ce charabia ? La sincérité, la magnanimité, voilà ce qui fait la poésie ! Leur machin, là, c'est non seulement plein de ressentiment, mais aussi plein d'insultes ! S'il n'y a pas de fleur mais que des épines, ça ne va déjà pas, mais que dire s'il y a des insultes ! Et sans même parler de littérature, ils ont abandonné la terre qu'ils avaient reçue en héritage ; tu parles de piété filiale ! Arrivés ici, ils ont continué en se moquant de la dynastie régnante, ce qui n'en fait pas vraiment de bons sujets…

« Je n'écrirai rien pour eux ! »

Les illettrés ne saisissaient pas grand-chose à ses arguments mais comprenaient très bien, au vu de son humeur massacrante, qu'il n'était pas vraiment favorable à leur demande, et que mieux valait laisser tomber. Et c'est ainsi que les dispositions prises pour les obsèques de Po-Yi et Chou-Ts'i n'allèrent pas plus loin.

Mais les soirs d'été, quand ils prenaient le frais, les paysans évoquaient parfois leur mémoire. Certains pensaient qu'ils étaient morts de leur belle mort, d'autres que la maladie les avait terrassés, d'autres encore que des maraudeurs les avaient tués pour dérober leurs tuniques en peau de mouton. Plus tard, quelqu'un émit l'idée effrayante qu'ils s'étaient laissés mourir de faim, car il avait appris de la bouche de Ah-Tsin, l'une des petites bonnes du manoir du sieur Hiao-Ping, qu'elle était allée sur la montagne plus de dix jours auparavant dans la seule intention de les asticoter un peu. Les gens stupides sont toujours les plus prompts à prendre la mouche ; ces deux-là avaient probablement mal pris ses paroles, avaient dû se lancer par caprice dans une grève de la faim et leur obstination n'avait eu d'autre résultat que de les mener à la mort.

Beaucoup de gens admiraient Mademoiselle Ah-Tsin et louaient son intelligence, mais d'autres trouvaient qu'elle avait été un peu dure avec les deux vieillards.

Mademoiselle Ah-Tsin, quant à elle, n'était en rien convaincue que la mort de Po-Yi et Chou-Ts'i ait eu quoi que ce soit à voir avec elle. Oui, elle était bien allée les taquiner un peu, c'était vrai, mais après tout ce n'était rien d'autre que des plaisanteries ! C'était vrai aussi que ces deux idiots s'étaient mis en colère et qu'ils avaient arrêté de manger leurs osmondes, mais ce ne pouvait être de cela qu'ils étaient morts. Au contraire, cela n'avait pu que leur porter chance !

« Le Ciel est miséricordieux, affirmait-elle. En voyant qu'ils allaient mourir de faim à cause de leur caprice, Il a ordonné à une biche d'aller leur donner le sein. Hein ? C'est-y pas fameux ? Plus besoin de se casser le dos à labourer ou à couper du bois, rien d'autre à faire qu'à rester assis jour après jour en attendant que le bon lait de biche vienne vous couler tout droit dans la bouche. Mais les loups mordent la main qui les nourrit. Le cadet – comment qu'il s'appelait déjà ? Insatiable, qu'il était ! Il n'en avait jamais assez ! En buvant le lait de la biche, il s'est dit : « Grasse comme elle est, cette biche nous ferait un excellent repas ! » et il a tendu le bras discrètement, pour s'emparer d'un éclat de pierre. Mais il ne savait pas que cette biche était un animal magique qui pouvait lire dans les pensées des hommes, et elle s'est enfuie en coup de vent dès qu'elle a compris les siennes. Alors le Ciel s'est fâché contre eux et leur goinfrerie, et la biche, de ce moment, n'est plus revenue. Pensez donc ! Leur restait-il d'autre chose à faire que de crever de faim ? Ça n'a rien à voir avec ce que je leur ai dit, c'est la faute de leur propre cupidité, de leur propre gloutonnerie ! »[65]

Les gens qui entendirent cette histoire poussèrent presque tous un grand soupir et, sans pouvoir se l'expliquer, sentirent comme un lourd fardeau glisser de leurs épaules. Même si certains, par la suite, songèrent encore parfois à Po-Yi et Chou-Ts'i, ils n'en voyaient qu'une image indistincte, celle de deux vieillards accroupis sous une falaise, leurs bouches béantes encadrées de poils blancs engloutissant des lambeaux de viande de la biche sacrée.

Décembre 1935

---

[65] L'histoire de la biche sacrée envoyée aux deux vieillards méritants n'apparaît pas dans les *Annales Historiques* mais dans les *Élégies de Chu*, recueil de poèmes du IIIe siècle avant notre ère, dont l'une des œuvres encense Boyi et Shuqi. Mais que Shuqi ait eu l'intention maligne de tuer l'animal est une invention de Lu Xun… tout autant que de Mademoiselle Ah-Tsin.

En forgeant les épées

L'assassin Ching K'e tentant de tuer le Roi de Ts'in.
Relief sur pierre, dynastie des Han antérieurs

VENGEANCE ! Vengeance à la chinoise qui peut tourner à la vendetta éternelle, en raison des obligations qui pèsent sur les héritiers des victimes. En forgeant les épées reprend ce thème cher aux auteurs chinois de romans de chevalerie, les fameux romans de wuxia 武侠小说, *qui sont aux Chinois, peu ou prou, ce que sont, réunis, les romans de cape et d'épée, les récits moyenâgeux, de "fantasy", les "westerns", et même les romans policiers et la science-fiction pour les Occidentaux.*

À la vengeance se rajoute un autre thème fétiche, celui de l'assassinat du despote. Il n'est pas précisé dans cette nouvelle le nom du roi, victime de cette vengeance. Qu'il suffise de dire que c'est la figure de Qin Shi Huangdi, le premier véritable empereur historique, modèle absolu de l'autocrate sanguinaire, qui a le plus souvent inspiré les récits mettant en scène les tentatives — en général ratées, conformément à la vérité historique — d'assassins chevaleresques et de vengeurs vertueux. Deux films relativement récents qui ont beaucoup fait parler d'eux en Occident, Hero[66] *et* L'Empereur et l'Assassin[67], *sont des exemples de cette veine d'inspiration fructueuse, dont la tension romanesque est due à la contradiction entre la volonté de mettre un tyran hors d'état de nuire et le besoin de sauvegarder à tout prix l'unité de la Chine, le* Tianxia 天下 *ou (Pays) sous le Ciel.*

Lu Xun détruit un peu le mythe en faisant de son roi un simplet et de sa cour, presque une Cour des Miracles… L'essentiel de son propos est donc dans la caricature de la tyrannie et de l'esprit de servitude auquel, au fil des siècles, s'était en grande partie réduite la morale en vigueur.

Message bien différent donc de celui des deux films précités qu'en Chine comme en Occident on accusa, à tort ou à raison,

---

[66] Titre anglais, conservé en France, de 英雄 *Yīngxióng*, film de Zhang Yimou, 2002.

[67] 荆柯刺秦王 *Jīng Kē cì Qín wáng* (Jing Ke tue le Roi de Qin), film de Chen Kaige, 1998.

*de se conformer à la vision idéologique du régime de Pékin.
Cette nouvelle est la seule qui, dans ce recueil, relève directement
du wuxia et, au-delà du message, on en appréciera (ou pas) les
ressorts traditionnels et les aspects sanglants…*

Un

À PEINE MEI KIEN-TCH'E s'était-il couché aux côtés de sa mère que les rats sortirent s'attaquer aux couvercles de bois des marmites. Ce ramdam eut le don de le mettre en fureur. Il jeta à voix basse plusieurs volées d'injures qui eurent d'abord quelque effet, mais bien vite les bêtes ne lui prêtèrent plus aucune attention et reprirent leur grignotement sans plus de retenue, *ratt-ratt-ratt, ratt-ratt-ratt*. Kien-Tch'e n'osait pas hausser le ton de crainte de réveiller sa mère, elle qui trimait toute la sainte journée et s'endormait le soir comme une masse dès qu'elle s'allongeait.

Après un long moment, le calme revint et il tenta de s'endormir. Mais un plouf ! soudain lui fit rouvrir grand les yeux. Et le bruit reprit, différent : c'était désormais le doux grattement de griffes à l'intérieur d'un récipient de céramique.

« Voilà ! Tu vas crever ! » se dit-il, fort satisfait.

Il se redressa doucement puis jeta les jambes hors du lit et se dirigea dans le clair de lune vers la porte pour se saisir en tâtonnant d'un briquet qui pendait à l'arrière du battant. Il alluma une torche en pin et l'approcha de la jarre à eau. Un énorme rat y était tombé mais il ne restait plus assez d'eau pour qu'il puisse en ressortir. Il nageait en cercles le long de la paroi intérieure de la jarre en s'aidant de ses griffes.

« Bien fait pour toi. »

Il songea que c'était bien là l'une de ces engeances qui, nuit après nuit, rongeaient le mobilier, et dont le tapage l'empêchait de trouver un sommeil réparateur ; il exulta. Il coinça l'extrémité de la torche dans un petit trou du mur en terre pour mieux apprécier le spectacle. À la vue de ces petits yeux tout ronds la haine le saisit. Il tendit la main pour s'emparer d'une tige de roseau et en piqua l'animal pour l'enfoncer sous l'eau. Quand il releva le bras après quelques instants, le rat remonta à la surface et reprit son manège maniaque, s'agrippant de plus belle à la paroi. Il ne griffait cependant plus avec la même vigueur, ses yeux étaient noyés et seul son museau écarlate perçait encore la surface. On n'entendait plus que le chuintement oppressé de sa respiration.

Ces derniers temps, Kien-Tch'e s'était pris d'aversion pour les gens au nez rouge. Et pourtant, de voir ce petit museau tout pointu, tout rouge, lui fit soudain prendre la bête en pitié. Il tendit le roseau et le glissa sous le ventre du rat qui s'y cramponna, reprit un peu de souffle et commença à se hisser le long de la tige. Quand le rat fut sorti de l'eau et que le garçon put apercevoir son corps tout entier – le pelage noir et ruisselant, le ventre distendu, le long ver de la queue – la haine et le dégoût le submergèrent à nouveau. Il secoua fébrilement le roseau et le rat retomba avec bruit dans la jarre, puis il le frappa de plusieurs coups sur la tête avec la tige pour le faire couler encore plus vite.

Il fallut bien le temps que brûlent six torches de pin pour que le rat renonce enfin à se débattre ; il flottait entre deux eaux, esquissant encore parfois une amorce de contraction vers la surface. Mei Kien-Tch'e s'apitoya de nouveau. Il cassa en deux le roseau et, s'en servant comme d'une pince, repêcha à grand-peine l'animal et le déposa sur le sol. Le rat ne remuait pas un poil et pourtant, petit à petit, le souffle lui revint. Bientôt, à la grande surprise de son sauveur, il agita ses quatre pattes et se retourna, prêt à se dresser pour déguerpir. Kien-Tch'e leva le pied gauche dans un réflexe inconscient et le rabattit. Rien qu'un couinement – il s'agenouilla pour l'examiner de plus près : un peu de sang frais était apparu au coin de la gueule de l'animal. Il était sûrement mort à présent.

Kien-Tch'e fut encore une fois envahi de pitié pour lui-même autant que pour le rat, comme s'il avait commis un impardonnable péché. Il restait à genoux, le regard vide, incapable de se relever.

« Tch'er[68]… qu'est-ce que tu fais là ? » Sa mère s'était réveillée et l'interpellait du lit.

« Le rat… » Il se redressa en hâte et lui fit face, mais aucun autre mot ne lui vint à la bouche.

« Oui, le rat, je sais. Mais toi, qu'en fais-tu ? Est-ce que tu l'achèves, ou est-ce que tu le sauves ? »

Il ne répondit pas. La torche s'éteignit. Il resta debout dans le noir, silencieux ; son regard s'emplissait peu à peu de la pureté de la clarté lunaire.

« Ah là là… soupira-t-elle. Tu auras seize ans à la minuit[69] mais tu n'as pas changé d'un brin. Tu es

---

[68] En Chine du Nord l'une des façons de former des diminutifs pour les enfants et les êtres chers est de prendre tout ou partie du prénom et d'y adjoindre le son formé par le suffixe –er 儿, ce qui confère à la syllabe ainsi transformée un son final en gargouillis de gorge, un peu comme pour l'accent « parigot »…

[69] Les Chinois ayant traditionnellement un an à la naissance, le jeune homme a en fait quinze ans.

toujours aussi tiédasse et indécis. J'ai bien l'impression que personne ne pourra venger ton père ! »

Il voyait sa mère assise, sa silhouette tremblotante dans le clair-obscur grisâtre. Le mince filet de sa voix était empreint d'une infinie tristesse qui lui donna la chair de poule. Mais en un clin d'œil, ce fut comme un afflux de sang chaud qui lui parcourut tout le corps :

« Venger Père ? Il demande vengeance ? lâcha-t-il, déconcerté, en s'avançant de quelques pas.

— Oui, et il a surtout demandé que tu t'en charges. Cela faisait longtemps que je voulais t'en parler mais tu étais trop petit. Tu es un homme maintenant mais ton caractère est resté le même… Que puis-je y faire ? Crois-tu avoir la force d'âme nécessaire pour accomplir de grandes choses ?

— Je l'ai. Parle, Mère. Je me corrigerai…

— Bien entendu… je dois parler, et toi tu dois te corriger ! Allez, viens donc ici. »

Il s'approcha. Sa mère s'était assise très droite et ses yeux semblaient refléter les pâles rayons de la lune. Son ton se fit sévère :

« Écoute ! Ton père était un artisan renommé, un armurier qui forgeait les meilleures épées du monde. J'ai dû, il y a longtemps, revendre tous ses outils pour nous épargner la misère la plus crasse, voilà pourquoi tu n'en as jamais vu l'ombre. Mais je t'assure qu'aucun autre forgeron ne lui arrivait même à la cheville ! Il y a vingt ans de cela, la première concubine du roi a mis au monde un bloc de fer, d'un bleu-vert si pur qu'il en laissait passer la lumière. Il se disait qu'elle était tombée grosse d'avoir embrassé une colonne de métal… Le roi sut qu'un inestimable trésor lui était échu et décida d'en faire forger une épée qui lui servirait à protéger son royaume, à abattre ses ennemis, à défendre sa propre vie. Par malchance ce fut ton propre père qui fut justement choisi pour forger l'arme. Il rapporta le morceau de fer à la maison, le tenant des deux mains avec déférence. Trois années d'affilée, il consacra à cette tâche toute son énergie, affinant le fer jour après jour, nuit après nuit, et finit par en tirer non pas une, mais deux épées.

« Et tout à la fin, quand vint le jour d'ouvrir le four de la forge, quel spectacle terrifiant ! Un jet de vapeur blanche s'en échappa à grand fracas et même la terre trembla. La vapeur monta au ciel et se transforma en nuée blanche qui recouvrit toute la région puis se teinta peu à peu de nuances pourpres, conférant à toutes choses la couleur des fleurs du pêcher[70]. Deux lames écarlates reposaient au fond de notre four noir. Ton père prit de l'eau au puits, la première eau pure de l'aurore, et la versa goutte à goutte sur le métal chauffé au rouge qui rugit et changea lentement de couleur. Ainsi pendant sept jours et sept nuits ; on ne voyait plus les épées. Pourtant elles étaient là, au fond de la forge, bleues et transparentes comme deux éclats de glace.

« Une lueur d'intense bonheur jaillit des deux yeux de ton père. Il ramassa les épées, les caressa, les essuya. Mais en même temps des rides de tristesse apparurent entre ses sourcils et aux coins de sa bouche. Il rangea les armes dans deux coffrets distincts.

---

[70] Cette image est plus forte en chinois qu'en français : en effet le pêcher est immédiatement assimilé à l'immortalité et donc l'éternité dans l'esprit chinois. Immortalité que peut conférer une seule bouchée du fruit des pêchers qui poussent dans le jardin de la Reine Mère d'Occident, l'une des divinités les plus populaires de la vieille religion chinoise !

« À la vue des présages de ces derniers jours, me dit-il doucement, tout un chacun a pu comprendre que les épées étaient enfin terminées. J'irai dès demain les présenter au roi. Mais ce jour-là sera aussi celui de ma fin. Je crains que nous ne devions nous dire un éternel adieu.

«Mais tu… J'étais abasourdie, je ne comprenais pas ce qu'il voulait me dire et ne trouvais pas mes mots. Je n'ai pu que bafouiller : Mais pourtant tu as réussi là un tel exploit…

« Hélas ! qu'en sais-tu ! répondit-il. Notre souverain a toujours été d'un caractère soupçonneux, et cruel au plus haut point. Je lui ai forgé une épée comme nulle autre n'en existe au monde. Il n'aura de cesse d'empêcher que je puisse en fabriquer de semblables pour d'autres qui voudraient rivaliser ou l'emporter sur lui. Il va sûrement me supprimer.

« Je fondis en larmes.

« Ne sois pas triste, dit-il alors. Tout cela est inéluctable et les larmes n'effaceront pas ce qui est écrit. Cela fait longtemps que je me prépare pour ce jour ! Et sur ces paroles, ses yeux laissaient échapper des éclairs ; il posa l'un des coffrets sur mes genoux. Voici l'épée mâle, je te la confie, reprit-il. Demain je ne donnerai que l'épée femelle au roi. Si je pars et ne reviens pas, c'est que je ne suis plus de ce monde. N'es-tu pas déjà enceinte de cinq ou six mois ? Ne sois donc pas triste ! Mets ton enfant au monde et élève-le du mieux possible. Dès qu'il aura atteint l'âge d'homme, remets-lui l'épée et ordonne-lui de l'abattre sur la nuque du grand roi ! Telle sera ma vengeance.

— Et ce jour-là, Père est-il revenu ? demanda Kien-Tch'e précipitamment.

« — Non, dit sa mère de sa voix glaciale. J'ai tenté partout de m'enquérir mais ne pus recueillir la moindre bribe d'information. Ce n'est que bien plus tard que j'ai entendu dire que le premier à sacrifier son sang à l'épée que ton père avait forgée, ce fut lui-même — ton propre père ! Et comme l'on craignait que ses âmes refusent de trouver le repos, on enterra sa tête et son corps en deux endroits différents : celui-ci devant le portail principal, celle-là dans le jardin intérieur ! »

Mei Kien-Tch'e s'embrasa soudain des pieds à la tête. Il lui semblait que de l'extrémité de chacun de ses poils jaillissaient des étincelles. Dans la pénombre, il serra les deux poings à s'en faire craquer les phalanges.

Sa mère se mit debout sur la couche et dégagea quelques planches à la tête du lit. Puis elle en descendit, alluma une torche, prit une houe derrière la porte, la tendit à son fils et intima :

« Creuse ! »

Le cœur de Kien-Tch'e bondissait dans sa poitrine mais il se mit à creuser très calmement, à légers coups de houe. Il ne déplaçait que de la terre jaune ; à cinq pieds de profondeur cependant, la couleur de la terre changea pour prendre celle du bois pourri d'un cercueil.

« Regarde ! Fais attention ! » dit sa mère.

Kien-Tch'e se coucha au bord du trou, allongea le bras et écarta avec précaution les morceaux de bois moisi. Bientôt les bouts de ses doigts se glacèrent comme s'il les avait plongés dans la neige : il avait atteint l'épée bleue translucide. Il repéra la poignée et l'agrippa pour retirer l'arme du trou.

Les astres et la lune qu'on voyait par la fenêtre et la flamme vacillante de la torche de pin perdirent soudain de leur éclat, l'univers entier semblait être empli de cette seule lueur bleue. L'objet se fondait dans cette clarté et en perdait toute substance. En scrutant de son mieux, Kien-Tch'e finit par percevoir une épée de plus de cinq pieds de long dont le tranchant ne lui apparaissait pas particulièrement aiguisé et dont la pointe avait la forme arrondie d'une feuille de cive.

« Tu dois dès à présent te débarrasser de ton caractère paisible et te servir de cette épée pour la vengeance ! lui dit sa mère.

— Je m'en suis déjà débarrassé. Par cette épée, j'obtiendrai vengeance !

— Je l'espère bien. Avec des habits bleus et l'épée sur ton dos, personne ne pourra la discerner. Tes vêtements sont déjà prêts, tu partiras dès demain. Surtout ne pense pas à moi ! »

Ce disant, elle désignait du doigt la vieille malle à vêtements rangée derrière le lit.

Mei Kien-Tch'e sortit ses nouveaux habits, les essaya et constata qu'ils lui allaient parfaitement. Il les rangea de nouveau en pile puis enveloppa l'épée et la posa à côté de son oreiller. Il s'allongea, empli d'un grand calme, convaincu d'avoir bien laissé derrière lui son tempérament trop placide. Il prit la résolution d'agir comme si de rien n'était ; il s'endormirait et se réveillerait le lendemain à l'aube comme à l'accoutumée. Puis il se mettrait en route sans hâte pour débusquer cet ennemi qui n'avait plus le droit de respirer le même air que lui[71].

---

[71] L'expression chinoise est 不共戴天 *bùgòngdàitiān* « ne pouvoir coexister sous le même ciel », qui désigne des ennemis implacables, une haine mortelle.

Mais le sommeil le fuit. Il se retournait sans cesse, tourmenté de l'envie de se rasseoir. Il entendait sa mère exhaler doucement de longs soupirs désespérés. Plus tard, il perçut le premier chant du coq : il sut qu'un jour nouveau, le jour de ses seize ans, était arrivé.

Deux

QUAND MEI KIEN-TCH'E, les yeux bouffis de sommeil, partit de chez lui sans un regard en arrière, le soleil n'avait pas encore percé à l'orient. Il portait ses habits et son épée bleus et se dirigeait à grands pas droit vers la cité. Des gouttes de rosée, pleines en secret de l'air de la nuit, perlaient à chaque aiguille de la forêt de pins. Mais quand il en émergea enfin, les perles resplendissaient de tous les reflets de l'aurore. Son regard se posa, loin au-devant de lui, sur les créneaux et les merlons des murs noirâtres de la ville émergeant vaguement de la pénombre.

Il en franchit les portes, mêlé à une cohue de paysans chargés de palanches qui venaient vendre oignons et légumes au marché de rue en pleine effervescence. Des hommes s'étaient rassemblés en groupes oisifs ; de temps à autre, une tête de femme ébouriffée sortait de derrière un portail. La plupart n'étaient même pas encore poudrées, et leurs visages jaunes avaient les yeux gonflés. Mei Kien-Tch'e sentit qu'un événement majeur se préparait et que tous, balançant entre patience et anxiété, en attendaient la venue.

Il continua sa route. Un enfant surgit soudain en courant et manqua le percuter dans le dos — là où son épée pendait. La brutale frayeur le fit abondamment transpirer. Il se tourna vers le nord et se rapprocha du palais royal. La foule était de plus en plus dense et chacun tendait le cou. Des masses compactes lui provenaient cris de femmes et pleurs d'enfants. Il craignait que son épée invisible ne finisse par blesser des gens et n'osait plus se frayer son chemin. Mais dans son dos la populace se pressait tout autant. Il battit en retraite en zigzaguant. Il n'apercevait plus que des dos et des nuques tendues.

Tout à coup la foule devant lui se jeta à genoux, comme fauchée par une vague qui avançait. Au loin deux chevaux progressaient de front au galop. Des soldats suivaient, ceints de couteaux et d'arbalètes, portant étendards, gourdins et haches-poignards. Leurs pas soulevaient des rouleaux de poussière jaune sur la largeur de la rue. Puis ce fut un grand char attelé de quatre chevaux, chargé d'une troupe de musiciens, les uns frappant cloches ou tambours, les autres soufflant dans des instruments irritants dont il ne savait pas le nom. Ensuite vint encore un char dont les passagers vêtus de costumes chamarrés étaient tous des vieillards ou des nains obèses au visage couvert de sueur ; et des cavaliers, portant sabres, épées, lances et hallebardes. À leur passage la populace agenouillée se jeta à terre. Mei Kien-Tch'e vit alors s'approcher un grand carrosse recouvert d'un dais jaune dans lequel était assis un individu corpulent doté d'une petite tête encadrée par une barbe blanche ; il était vêtu d'un costume chatoyant et à sa ceinture, Kien-Tch'e crut distinguer une épée bleue — en tout point semblable à celle qu'il portait lui-même sur son dos.

Son corps entier fut pris dans un étau glacé, mais l'instant d'après une vague de chaleur le parcourut, le consumant d'un feu d'enfer. Il leva la main vers la poignée de l'épée au-dessus de son épaule et dans le même mouvement se jeta en avant, profitant des moindres espaces laissés par les corps prosternés.

Mais il n'avait pas parcouru plus de cinq ou six pas qu'il trébucha et s'étala de tout son long sur le dos d'un jeune homme au visage tout desséché : quelqu'un lui avait fait un vilain croche-pied. À peine s'était-il relevé, s'inquiétant de savoir si l'autre avait pu être blessé par l'épée, qu'il encaissa deux fameux coups de poings dans le plexus. Il ne tenta même pas de se défendre : il regardait la route. Le carrosse et son dais jaune étaient déjà passés, et plusieurs rangs serrés de cavaliers s'interposaient désormais entre sa cible et lui.

La foule amassée au bord de la route se relevait peu à peu. Le jeune homme, la peau du visage déjà ridée comme une vieille pomme, l'agrippait encore par les plis de son vêtement, le secouait sans relâche et éructait : Mei Kien-Tch'e lui avait écrasé le champ de cinabre inférieur[72], organe précieux entre tous, et devait lui donner l'assurance qu'il payerait ce crime de sa propre vie si d'aventure sa victime venait à mourir avant ses quatre-vingts ans… Les badauds commencèrent à faire cercle autour d'eux, ahuris, muets. Mais bientôt certains lançaient aussi des insultes en riant, se rangeant tous du côté du jeune citadin fripé. Confronté à de tels adversaires, Kien-Tch'e n'était ni

---

[72] 丹田 *dāntián* : champ de cinabre inférieur. L'un des trois creusets ou chaudrons de la médecine et de l'alchimie traditionnelle chinoise, il se situe en dessous et en retrait du nombril. À cet endroit est fabriqué et sublimé le Qi, énergie ou souffle vital.

furieux ni amusé, il était juste bien embêté de ne pouvoir s'en dégager. Un certain temps passa ainsi, le temps de cuire une marmite entière de millet ; il brûlait d'impatience, comme pris de fièvre, mais l'intérêt des spectateurs pour ce savoureux spectacle ne semblait pas décroître.

La presse humaine qui lui faisait face tangua soudain et s'ouvrit pour laisser passer un personnage sec comme une barre à mine, aux yeux noirs et à la barbe noire. Sans proférer un seul mot il adressa à Mei Kien-Tch'e un sourire glacé et tapota de sa main levée le menton du jeune homme au visage ridé en le fixant dans les yeux. Le jeune homme soutint d'abord son regard mais relâcha peu à peu sa prise puis s'éclipsa sans demander son reste. L'autre partit également ; déçus et frustrés les spectateurs s'égaillèrent eux aussi en un instant. Seuls quelques-uns s'approchèrent de Kien-Tch'e et lui demandèrent son âge, son adresse, s'il avait une grande sœur à la maison… Il les ignora superbement.

Il repartit vers le sud. Il songeait qu'au sein de l'agitation de la ville il risquait trop de blesser quelqu'un par inadvertance. Mieux valait prendre position à l'extérieur de la porte méridionale et y attendre le retour du cortège pour venger son père. Les faubourgs étaient vastes et peu peuplés, l'endroit serait idéal pour agir. Chaque bribe de conversation qui courait dans la cité semblait porter sur l'excursion montagnarde du roi, sur l'apparat et la solennité du cortège, sur l'insigne honneur que représentait le privilège d'avoir pu poser les yeux sur Sa personne et de s'être prosterné plus bas que terre ; cela ne valait-il pas une distinction de sujet modèle ? On eût dit l'incessant bourdonnement d'un essaim d'abeilles. Ce n'est qu'au fur et à mesure qu'il se rapprochait de la porte du Sud que le calme se fit peu à peu.

Il sortit de la cité et s'assit sous un gigantesque mûrier puis tira de son baluchon deux petits pains à la vapeur pour apaiser sa faim. Tandis qu'il mangeait il pensa soudain à sa mère ; les larmes lui venaient aux yeux, le nez lui piquait, mais l'image passa et la tristesse aussi. Il se releva et s'éloigna pas à pas de la ville ; autour de lui le silence s'épaississait. Bientôt il entendit même le bruit de sa propre respiration.

Plus le soir approchait, plus son anxiété croissait. Il avait beau scruter l'horizon, il ne voyait pas la moindre trace du retour du roi. Les paysans qui avaient vendu tous leurs légumes s'en retournèrent dans leurs villages, palanche vide à l'épaule. Eux aussi s'étaient évanouis depuis longtemps quand de la direction de la ville surgit brusquement l'homme noir qui l'avait tiré d'affaire.

« Pars, Mei Kien-Tch'e ! Le roi est à ta poursuite ! » criait-il, d'une voix étrange qui rappelait à Kien-Tch'e le ululement du hibou. Le garçon se mit à trembler de tous ses membres mais comme sous l'influence d'un sort il emboîta sans hésiter le pas à l'homme et leur course prit vite l'allure d'une fuite éperdue. Quand il dut s'arrêter enfin pour reprendre son souffle il s'aperçut qu'ils étaient arrivés à l'orée de la forêt de pins. Derrière eux l'obscurité se striait d'argent ; la lune se levait déjà dans cette direction. Mais devant lui il n'y avait que la lueur des yeux de l'inconnu, deux feux follets dans la nuit.

« Comment… comment connaissez-vous mon nom ? haleta-t-il terrifié.

« — Ha ha ha ! Je te connais depuis toujours, répondit l'homme. Je sais que tu portes sur ton dos l'épée mâle et que par celle-ci tu veux venger ton père. Je sais aussi autre chose : que tu échoueras. Déjà, tu as été dénoncé et le roi est rentré en ville par la porte orientale après avoir donné l'ordre de t'arrêter.

— Hélas ! ma mère se lamentait à raison, dit Kien-Tch'e à voix basse, frappé au cœur par ces mots.

— Mais elle ne sait pas tout. Elle ne sait pas que c'est moi qui vais tirer vengeance à ta place !

— Vous ? Vous le feriez pour moi, chevalier ?

— Ah ! Ne m'affuble donc pas d'un tel terme.

— Alors, auriez-vous pitié de la veuve et de l'orphelin ?

— Mon enfant, dit l'homme froidement, il est inutile de te gargariser de si grands mots. Chevalerie, pitié, justice... ces notions autrefois sans taches sont désormais l'apanage de tous les usuriers maudits. Mon cœur est mort et n'éprouve rien de tout cela. Je ne désire qu'une chose : te venger !

— D'accord. Et comment comptez-vous vous y prendre ? demanda Kien-Tch'e.

— Il me faut deux choses que tu possèdes. »

La voix lui parvenait de quelque part sous les deux feux follets braqués sur lui.

« Deux choses seulement : écoute bien. Il me faut ta tête, et il me faut ton épée ! »

Kien-Tch'e était intrigué et tout de même un peu méfiant mais ne manifesta aucune surprise. Il se tint coi. L'autre reprit, d'une voix d'autant plus glaçante qu'elle semblait surgir de la pénombre et du néant :

« Tu n'as pas à craindre que je te dépouille de ta vie ou de ton trésor. Il ne tient qu'à toi : si tu me fais confiance, j'irai. Sinon, j'en reste là.

— Mais pourquoi voulez-vous remplir cette mission à ma place ? Peut-être connaissiez-vous mon père ?

— Je connaissais ton père comme je te connais toi-même mais cela n'a rien à voir avec mon objectif. Tu es un enfant intelligent, mais je te le dis : tu ne peux avoir idée d'à quel point je suis doué pour la vengeance ! Ta vengeance est mienne et je suis ta vengeance. Mon âme est si couturée de blessures que j'en suis venu à me haïr moi-même. Et ces blessures, c'est moi-même autant que les autres qui me les suis infligées ! »

La voix dans la pénombre se tut. Kien-Tch'e leva aussitôt la main pour saisir la poignée au-dessus de son épaule, tira l'arme bleue et se trancha la nuque d'un seul et même mouvement en ramenant l'épée devant sa poitrine. Sa tête tomba sur la mousse verte qui tapissait le sol tandis qu'il tendait l'épée à l'homme noir.

Celui-ci la reçut d'une main et de l'autre agrippa la tête de Mei Kien-Tch'e par les cheveux, la leva jusqu'à sa bouche et embrassa à deux reprises les lèvres mortes toujours chaudes avant d'éclater d'un rire glacial et strident.

Les échos de son rire s'égrenèrent entre les pins… Là où ils se posaient s'allumaient soudain des flammèches dansant dans la nuit, suivies immédiatement du son rauque des halètements de loups affamés.

À la première attaque des loups, les vêtements de Mei Kien-Tch'e furent arrachés, à la seconde son corps fut tout entier englouti. Les taches de sang disparurent en un clin d'œil, on n'entendait plus que le craquement des os dans la gueule des bêtes. Puis le plus audacieux des loups monstrueux se rua sur l'homme noir. En un éclair bleu la tête de l'animal roula elle aussi sur la mousse. Les autres loups se jetèrent sur le cadavre : à la première attaque sa peau fut arrachée, à la seconde son corps fut tout entier englouti. Les taches de sang disparurent en un clin d'œil, on n'entendait plus que le craquement des os dans la gueule des bêtes.

L'homme ramassa les lambeaux de l'habit bleu qui traînaient à terre et en enveloppa la tête de Mei Kien-Tch'e. Il prit le paquet sur son dos avec l'épée, tourna les talons et partit à grand pas dans l'obscurité vers la cité royale. Les loups se figèrent et, langue pendante, pantelants, tête rentrée dans les épaules, ils le regardèrent s'éloigner de leurs yeux verts et luisants.

Il marchait dans l'obscurité à grandes enjambées, indifférent à tout ce qui l'entourait, et de sa voix stridente il chantait :

Ha-ha-amour, amour toujours ! Ha ! Pour l'amour
D'une épée bleue, le vengeur se tranche le cou !
Multitude ! Solitude !
Un de plus, un de moins !
Celui qui aime l'épée bleue,
Hélas ! n'est pas seul en ce monde.
Une tête pour une tête,
Et deux vengeurs se tranchent le cou !
Hélas ! Plus personne n'est là pour aimer
L'Amour, hélas ! Hélas !
Aouh ! Hélas ! Hélas ! Hélas !

Trois

L'ESCAPADE EN MONTAGNE n'avait pas réussi à atténuer l'ennui qu'éprouvait le roi. Et quand on lui rapporta qu'il avait échappé en route à l'attaque d'un assassin, il ne songea plus qu'à rentrer, dégoûté. La colère le rongea jusqu'au soir et même les cheveux de sa neuvième concubine ne trouvaient plus grâce à ses yeux : ils n'étaient plus d'un noir aussi éclatant que la veille. Il fallut qu'elle s'asseye sur les genoux royaux en minaudant et qu'elle se tortille plus de soixante-dix fois pour que les rides entre les augustes sourcils daignent se relâcher.

Mais quand le roi se leva après midi le lendemain, l'humeur massacrante était de retour et vira à la fureur dès qu'il eut avalé son déjeuner.

« Ah là là ! Qu'est-ce que je m'emmerde ! » hurla-t-il après un puissant bâillement.

Et de la reine jusqu'au dernier des favoris, tous étaient désemparés devant l'humeur royale. Le roi en avait soupé, des conseils de ses vieux ministres à la barbiche blanche comme des bouffonneries de ses nains obèses ; il ne trouvait plus aucune saveur ces derniers temps ni aux funambules, ni aux acrobates, ni aux échassiers, jongleurs, avaleurs de sabres ou cracheurs de feu, ni à aucun des autres baladins qui tentaient de le distraire par leurs tours merveilleux. Il était sujet à de fréquents accès de colère ; et dès qu'il était en colère il mettait la main à l'épée et rôdait à l'affût de la moindre faute pour y trouver prétexte à massacrer quelques-uns de ses gens.

Deux jeunes eunuques qui étaient sortis en douce du palais pour tirer au flanc le temps d'une petite promenade venaient juste de rentrer et, au vu des mines soucieuses qu'arborait toute la maison royale, ils comprirent qu'une de ces catastrophes rituelles était imminente. Se sachant coupable, le premier blêmit de peur ; l'autre, gardant pleine possession de lui-même, trottina jusqu'au roi et se prosterna en disant :

« L'esclave que je suis vient rendre compte qu'il a tout juste rencontré un homme doué d'extraordinaires talents qui pourraient divertir le grand roi.

— Hein ? dit le roi, qui avait toujours été d'un grand laconisme.

— C'est un homme noir et maigre à l'allure d'un mendiant. Il est vêtu tout de bleu, porte un baluchon tout rond dans le dos et il erre dans les rues en bramant des chansons sans queue ni tête. Je l'ai interrogé : il a prétendu maîtriser des tours inconnus et sans pareils, des tours dont personne dans ces contrées n'a jamais été témoin, des tours qui ont la vertu non seulement de dissiper la colère et l'ennui, mais aussi de pouvoir instaurer la Grande Paix dans le royaume. Toute la ville le supplie de se montrer en spectacle, mais il s'y refuse obstinément. Il affirme que son numéro exige de disposer d'un dragon et d'un chaudron en or…

— Un dragon d'or ? C'est moi, dit le roi. Un chaudron en or ? Je n'ai que ça.

— C'est bien ce que votre esclave se disait…

— Faites-le venir ! »

Les échos de son ordre n'étaient pas encore dissipés que quatre gardes d'élite furent dépêchés sans délai sur les talons du jeune eunuque. De la reine jusqu'au dernier des favoris, tous retrouvèrent des couleurs et le sourire. Ils espéraient que ce numéro de magie chasse l'ennui royal et — accessoirement —

amène la paix. Et si ça ne marchait pas, eh bien, cette fois seul cet homme noir à l'allure de mendiant serait à blâmer et en subirait les fâcheuses conséquences. Il ne leur restait plus qu'à faire profil bas jusqu'à ce que les gardes ramènent l'homme.

Il ne leur fallut d'ailleurs que quelques instants avant d'apercevoir six personnes s'approcher en hâte de la salle du trône. L'eunuque ouvrait la voie, suivi des quatre gardes entourant un homme noir. Quand la petite troupe entra, ils virent que les habits de l'homme étaient bien bleus et sa barbe, ses sourcils et ses cheveux d'un noir de jais. Son visage émacié laissait saillir pommettes, orbites et arcades sourcilières. Et quand il s'agenouilla et se prosterna respectueusement, tous virent qu'il avait en effet sur le dos un paquet rond d'étoffe bleue décorée de motifs rouge sombre.

« Parle ! » dit le roi d'un ton furieux. Il commençait à douter qu'un tel pégreleu soit réellement capable d'exécuter les tours dont il se vantait.

— Votre sujet a pour nom Yen Chih-Ngao et est originaire du canton de Wen-Wen. J'ai grandi sans profession avant de rencontrer un maître d'un vaste savoir qui m'a enseigné la magie. Mon tour le plus prodigieux a pour accessoire la tête d'un jeune garçon, mais je ne peux l'accomplir sans aide. Il me faut disposer d'un chaudron en or placé devant un dragon d'or, rempli d'eau pure chauffée sur un feu de charbon de chair d'animal[73]. Alors seulement je jetterai la tête dans le chaudron, et dès que l'eau sera ramenée à ébullition elle se mettra à monter et

---

[73] 兽炭 *shòutàn*, désignait en médecine chinoise, un combustible obtenu en ébouillantant puis en séchant au feu de la chair de porc coupée en lamelles. Pouvait aussi désigner du charbon de bois sculpté en forme d'animal.

descendre, à danser sur les remous et même à chanter des airs joyeux. Tous ceux qui auront été témoins de ce spectacle verront leurs soucis s'envoler, et si le peuple peut y assister, alors c'est la paix assurée !

— Commence ! » ordonna le roi à haute voix.

Un grand chaudron tripode en or, servant d'ordinaire à cuire un bœuf tout entier, fut promptement amené devant l'estrade et rempli d'eau. On empila dessous le charbon de chair puis le feu y fut mis. L'homme noir se tenait à côté du chaudron ; quand le charbon eut viré au rouge, il défit son baluchon et leva à deux mains, bien haut au-dessus de son front, la tête d'un jeune garçon : sourcils fournis, yeux en amande, lèvres incarnates ouvrant sur des dents très blanches, surmontée d'une longue chevelure en désordre. Le magicien exhiba la tête à l'assemblée puis la porta à la verticale du chaudron et, après avoir marmonné quelques incantations inintelligibles, écarta les mains. La tête tomba dans l'eau avec un grand plouf ! et sombra rapidement. Des fleurs d'écume bouillonnante jaillirent jusqu'à cinq pieds de haut puis le calme revint.

Pendant un long moment, on ne perçut pas même un frémissement. Le roi fut le premier à s'impatienter, suivi de la reine et des concubines, tandis que les grands ministres et les eunuques donnaient quelques signes d'affolement et que même les bouffons obèses commençaient à ricaner dans leur coin. Ces sarcasmes furent la goutte de trop pour le souverain qui eut le sentiment de s'être fait berner et se tourna vers ses gardes pour leur ordonner d'aller se saisir de cette vermine coupable de lèse-majesté et de la jeter dans le chaudron à bœufs.

Mais à ce moment le roi entendit l'eau bouillir. Le feu brûlait plus vif et illuminait la figure de l'homme noir qui prit la teinte du fer porté au rouge. Et lorsque le roi se retourna, l'homme leva les deux bras vers le plafond et se mit à danser sur place, le regard dans le vide, avant d'entonner d'une voix stridente :

Ha-ha-amour, amour toujours !
Chacun aime le sang un jour.
Quand le peuple marche dans le noir,
L'homme seul est dans le brouillard.
Qui fait rouler cent, mille ou dix mille têtes,
Quand d'un seul crâne je me fais fête ?
Pour l'amour de cette tête je trépasse
Et le sang coule, hélas, hélas !
Aouh ! Hélas ! Hélas, hélas !

L'eau réagissait au rythme de sa voix, s'élevait en petites montagnes au sommet pointu et à large base, qui s'écrasaient jusqu'au fond du chaudron pour former ensuite de rapides tourbillons. La tête suivait le mouvement, montant et descendant, tournant en cercles, effectuant de joyeuses galipettes ; l'assemblée pouvait distinguer sur ses lèvres l'esquisse d'un sourire ravi.

Au bout de quelque temps à ce jeu, la tête se mit d'un seul coup à nager à contre-courant, tout en tournant sur elle-même à vive allure et en projetant de l'eau bouillante dans toutes les directions, comme si une pluie ardente s'était brusquement abattue sur la salle du trône. L'un des nains poussa un cri en se frottant le nez. Il avait reçu de l'eau en plein visage et se mit bientôt à geindre de douleur.

Quand la voix du chanteur s'éteignit enfin, la tête arrêta également sa danse effrénée et sembla se dresser fièrement, tournée vers le trône, l'expression solennelle. Elle resta ainsi le temps d'une dizaine de battements de cils, puis se remit à osciller doucement de haut en bas, et ce mouvement s'accélérant, se transformant en tangage, elle reprit sa nage qui restait toutefois calme et digne désormais. Trois tours d'affilée, elle longea le bord du chaudron à des immersions variables puis ouvrit brusquement grand les yeux. Ces deux perles noires brillaient d'un éclat hors du commun ; la tête commença alors elle aussi à chanter :

Du roi les vertus sont vastes comme l'océan,
Il écrase l'ennemi de son prestige éclatant !
L'univers aura une fin dernière,
Mais le roi vivra pour l'Éternité.
Bienheureux ce jour où je baigne dans sa lumière,
La lumière bleue que jamais ne veux quitter.
Séparé, séparé de mon corps
J'ai été amené au palais,
En ce palais je reviendrai,
Vers sa splendeur je reviendrai encore !

Puis la tête se hissa tout au sommet de la montagne d'eau bouillante et se figea quelques instants avant de se lancer dans une série de galipettes, de montées et de descentes. Son regard gracieux se posait d'un côté puis de l'autre de la salle, et sa bouche entonna derechef :

Aouh ! Hélas ! Hélas, hélas !
L'Amour ! Hélas ! Hélas, aouh !

J'aime cette tête sanglante,
Et d'une seule je me contente,
Là où dix mille hommes échouent !
De cent et mille têtes le roi se débarrasse…

Cette strophe terminée, la tête plongea encore une fois et ne remonta plus à la surface. La chanson continuait mais l'on n'en distinguait plus les paroles. Et comme en réaction à ce chant étouffé, les remous de l'eau en ébullition se calmèrent peu à peu et le niveau de l'eau, comme la marée qui se retire, redescendit en dessous du bord du chaudron doré. On ne voyait plus rien de ce qui se passait.

« Et alors ? aboya le roi au bout d'un moment, n'y tenant plus.

— Votre Majesté, répondit l'homme noir en s'agenouillant, la tête est au fond du chaudron et exécute la plus sacrée, la plus mystérieuse des danses rituelles : la Danse de l'Union. Vous ne pourrez y assister qu'en vous rapprochant. Votre sujet n'a pas les talents magiques capables de la faire remonter, car cette danse doit nécessairement se faire au fond de l'eau. »

Le roi se leva et descendit de son estrade. Bravant l'atroce chaleur, il s'approcha du chaudron et étira le cou au-dessus de la surface de l'eau calme et plane comme un miroir. Il vit la tête flottant entre deux eaux, immobile, tournée vers la surface, les deux yeux fixés sur sa propre figure. Quand leurs regards se croisèrent, la tête esquissa un sourire modeste et plein de grâce. Interdit, le roi crut reconnaître ce sourire mais fut bien incapable de se remémorer qui il lui évoquait. Déjà l'homme noir tirait l'épée invisible de derrière son épaule et en frappait d'un seul geste, rapide comme l'éclair, la nuque offerte. La tête royale tomba dans le chaudron avec un plouf ! fort peu aristocratique.

Quand deux ennemis mortels se font face à face dans un espace étroit, il est évident que l'affrontement est inévitable. Dès que la tête tranchée du roi eut heurté la surface, celle de Mei Kien-Tch'e se rua vers le haut et lui mordit sauvagement l'oreille. L'eau du chaudron se remit à bouillonner furieusement dans un grand bruit de cataracte. Les deux têtes se colletaient dans un combat à mort. Après une vingtaine d'échanges, la tête du roi portait déjà cinq blessures mais celle de Kien-Tch'e avait été touchée en sept endroits. Le roi était un vieux renard et tentait systématiquement de passer sur les arrières de son ennemi. L'attention de Kien-Tch'e ayant fini par faiblir, le roi le saisit à la nuque entre ses mâchoires et il ne put plus s'en défaire. Son ennemi ne lâchait pas prise et le dévorait petit à petit en grignotant comme un ver à soie. De l'extérieur on percevait les cris de douleur et de désespoir du jeune garçon.

Cela déclencha enfin une réaction chez la reine comme chez le dernier des favoris ; tous quittèrent leur état de stupéfaction pétrifiée pour commencer à s'agiter, comme si une chape d'infinie noirceur leur était soudainement tombée dessus. La chair de poule les prit ; mais dans leurs yeux écarquillés brillait une lueur de joie secrète et se lisait une attente indéfinie.

L'homme noir donnait lui aussi des signes de fébrilité, même si rien ne se montrait sur son visage. Il leva posément ce bras qui tenait l'épée invisible et le tint au-dessus de lui comme une branche morte. Il tendit le cou comme pour mieux voir ce qui se passait dans le chaudron. Puis il plia soudain le coude et l'épée s'abattit sur sa propre nuque, tranchant chairs et os, et sa tête bascula dans le chaudron en projetant avec bruit de l'écume blanche comme neige dans toutes les directions.

Dès que la tête toucha l'eau, elle se précipita vers celle du roi et lui arracha le nez d'un seul coup de dent, manquant l'avaler. Le roi ne put retenir un terrible cri de douleur et desserra les mâchoires. Kien-Tch'e en profita pour se défaire de leur étau et se retourna pour mordre de toutes ses forces le roi à la gorge, juste sous le menton. Les deux alliés s'acharnaient, mordant et tirant de toutes leurs forces, l'un vers le haut, l'autre vers le bas, à tel point que le roi n'arrivait même plus à fermer la bouche. Puis ils passèrent au reste de la figure, comme des poules affamées picorant le grain avec férocité ; un œil pendait hors de son orbite, le nez était écrasé, le visage couvert de plaies. Leur ennemi qui d'abord se débattait en tous sens gît bientôt en gémissant au fond du chaudron. Les bruits s'arrêtèrent en même temps que sa respiration.

Les têtes de l'homme en noir et de Mei Kien-Tch'e cessèrent progressivement leur horrible ouvrage et abandonnèrent la dépouille royale. Elles firent un tour victorieux dans le chaudron, en vérifiant toutefois que le roi était vraiment mort et ne simulait pas. Quand elles se furent assurées qu'il avait bien rendu son dernier souffle, leurs yeux se croisèrent, un sourire fleurit sur leurs lèvres, puis elles abaissèrent les paupières et coulèrent jusqu'au fond, la figure tournée vers le ciel.

Quatre

LE FEU s'éteignit et la fumée se dissipa. La surface de l'eau se lissa enfin. Le calme qui suivit n'avait rien de naturel et aiguillonna les spectateurs d'un mur à l'autre de la salle du trône. Le premier cri que poussa l'un d'eux fut vite suivi de multiples clameurs. Un autre audacieux fit un pas vers le chaudron doré, et l'instant d'après tous se pressaient à qui mieux mieux pour y accéder. Les malchanceux qui n'avaient pu se faufiler durent se contenter de jeter un coup d'œil entre les nuques des plus rapides.

La chaleur était encore telle qu'elle leur brûlait le visage. L'eau du chaudron était plane comme un miroir et il y flottait une couche de gras fondu qui reflétait leurs traits : ceux de la reine, ceux des concubines, des gardes, des vieux ministres, des nains et des eunuques…

« Hélas ! Juste Ciel ! Où est donc la tête de Sa Majesté ? Malheur de malheur ! »

C'était la sixième concubine qui partit soudain en hurlements hystériques et en pleurs déchirants.

Et de la reine jusqu'au dernier des favoris, tous de reprendre subitement conscience et de s'égayer, affolés, fébriles, désemparés, faisant le tour de la pièce jusqu'à quatre ou cinq fois. L'un des vieux conseillers les plus habiles en stratagèmes s'avança seul, tendit la main pour effleurer le bord du chaudron et la retira précipitamment, tremblant de tout son corps. Il mit deux doigts devant sa bouche et souffla dessus sans discontinuer.

Puis tous se calmèrent peu ou prou et se rassemblèrent à la porte de la salle pour discuter des moyens de repêchage envisageables. Les arguments fusèrent de part et d'autre pendant le temps de cuire trois marmites de millet, pour finalement arriver à la décision suivante : on enverrait chercher de grands couverts en fer aux cuisines du palais et on ordonnerait aux gardes de procéder à l'opération.

Les ustensiles furent apportés illico. Passoires en fil de fer, écumoires, bassines en or, torchons et serviettes furent disposés autour du chaudron. Les gardes désignés retroussèrent leurs manches et se plièrent à leur mission avec le plus grand zèle, qui s'escrimant avec une louche, qui maniant les écumoires. De temps à autre retentissait le tintement des instruments qui se heurtaient, couvrant le crissement du métal contre les parois du chaudron. L'eau ainsi brassée forma bientôt un tourbillon. Ces efforts durèrent un bon moment avant que l'un des gardes, le visage empreint d'une solennelle gravité, relève avec précaution sa passoire dont l'eau perlait goutte à goutte : sur l'instrument trônait un crâne tout blanc. Chacun de s'exclamer en chœur ; le garde versa le crâne dans une bassine dorée.

« Malheur ! Notre roi ! »

La reine, les concubines, les ministres cacochymes et même les eunuques partirent en bruyants sanglots. Mais ils fermèrent leur clapet en rapide succession quand un second garde sortit un autre crâne d'apparence identique au précédent.

De leurs yeux pleins de larmes ils jetaient des regards à la ronde tandis que les gardes, le visage emperlé de sueur, continuaient leur chalutage. La prise suivante fut une masse informe de cheveux noirs et de cheveux blancs, puis vinrent plusieurs passoires pleines de ce qui semblait être des poils de barbe noirs et blancs. Et encore un crâne ; enfin, trois épingles à cheveux.

Quand le liquide dans le chaudron ne fut plus qu'un bouillon clair, les gardes relâchèrent leur effort. Leurs prises se répartissaient en trois bassines : l'une pleine de crânes, l'autre de poils et de cheveux, la dernière où gisaient les trois épingles.

« Notre grand roi n'avait qu'une seule tête. Laquelle de celles-ci est-elle donc ? interrogea anxieusement la neuvième concubine.

— Bonne question… susurrèrent les ministres très antiques en échangeant des regards perplexes.

— Si la peau et les chairs n'avaient pas disparu à la cuisson, nous les distinguerions facilement » dit l'un des nains en s'agenouillant.

Et tous, avec le plus grand sang-froid, d'examiner chacun des crânes minutieusement. Mais rien, ni leur couleur, ni leur taille, ne les différenciaient assez ; même celui du jeune garçon n'était pas identifiable. La reine se rappela que le roi avait une cicatrice sur la pommette droite : quand il était encore prince il était tombé et s'était blessé. Son crâne devait en porter la trace. Et en effet, l'un des nains découvrit une cicatrice sur l'un des crânes. Tout le monde se réjouit jusqu'à ce qu'un autre nain discerne une autre cicatrice sur la tempe droite de l'une des deux autres dépouilles, celle qui présentait la teinte la plus jaunâtre.

« J'ai une idée ! s'exclama la troisième concubine, triomphale. Le nez de notre grand roi était noblement proéminent. »

Les eunuques s'empressèrent d'inspecter l'arête nasale des trois crânes. L'une d'entre elles était assez haute, mais pas tellement plus que les autres. Et sur la tempe droite de celui-là, il n'y avait malencontreusement aucune cicatrice…

« Et puis, demandèrent les ministres aux eunuques, l'arrière de l'os occipital du roi était-il aussi pointu que ça ?

— Vos humbles esclaves n'ont jamais prêté suffisamment d'attention à la forme du crâne royal… »

La reine et les concubines se mirent alors à rassembler leurs souvenirs ; les unes déclarèrent que le roi avait l'arrière du crâne pointu, les autres qu'il l'avait plat. On convoqua l'eunuque chargé de coiffer l'auguste tête, mais même lui resta muet sur la question.

Le soir venu, princes et ministres s'assemblèrent en grand conseil pour décider enfin laquelle de ces têtes était celle du roi, mais le résultat ne fut guère différent de celui des délibérations de la journée. Et un autre problème, capillaire cette fois, surgit. Il ne faisait aucun doute que les cheveux et les poils blancs appartenaient bien au roi, mais comme il était poivre et sel, l'attribution des cheveux et des poils noirs était un véritable casse-tête. Les débats s'étaient déjà prolongés jusqu'au cœur de la nuit et seuls quelques poils roux avaient été éliminés quand la neuvième concubine s'opposa à cette décision avec véhémence : elle avait repéré par le passé plusieurs poils jaunes dans la barbe royale. Comment pouvait-on maintenant affirmer avec certitude qu'elle ne comportait pas un seul poil roux ? Les poils roux rejoignirent donc les autres, et leur sort fut remis dans la balance.

La nuit s'éternisait sans porter aucun conseil. Tous continuaient à discuter en bâillant à s'en décrocher la mâchoire, jusqu'à ce qu'enfin, au second chant du coq, une solution prudente fût enfin dégagée, la plus satisfaisante : les trois têtes seraient inhumées ensemble, avec le reste du cadavre du roi, dans son cercueil en or.

Sept jours plus tard eut lieu la cérémonie des obsèques. Toute la ville était en émoi. De près comme de loin, de la ville et des campagnes, tous étaient accourus pour se faire les respectueux témoins de la procession funèbre. Dès le point du jour, les rues grouillaient d'hommes et de femmes qui se pressaient autour des autels sacrificiels. Mais ils durent attendre que la matinée fût bien entamée pour voir surgir les hérauts à cheval qui s'avançaient, rênes courtes, pour dégager le chemin. Plus tard encore vinrent les porteurs d'enseignes et d'étendards, les soldats armés de gourdins et de hallebardes, les arbalétriers et les gardes royaux aux grandes haches d'apparat dorées. Quatre voitures chargées de joueurs de tambours et d'instruments à vent les suivaient. Puis le carrosse au dais jaune du roi s'avança lentement en cahotant au gré des creux et bosses de la route, et enfin apparut le char funèbre qui portait le cercueil doré, cercueil où reposaient trois têtes et un seul corps.

La foule s'agenouilla, révélant une à une les tables chargées d'offrandes. Quelques-uns des sujets les plus loyaux s'indignaient, ravalant leurs larmes, de ce que les âmes de deux régicides coupables du plus horrible des actes de haute trahison fussent en ce jour honorées au même titre que celle du souverain ; mais ils ne pouvaient rien y faire.

Se présentèrent alors les carrosses portant la reine et les concubines en grand nombre. Les multitudes les contemplaient et en retour elles contemplaient la foule en pleurant. Ministres, eunuques et nains fermaient la procession, affectant tous mines affligées de circonstance. Mais la populace ne leur prêtait plus aucune attention, et leurs rangs se défirent ; bientôt la pagaïe s'était installée et le cortège ne ressemblait plus à rien.

Octobre 1926

Franchir les passes

Lao Tseu partant en exil sur son buffle noir.

CETTE NOUVELLE met en scène tant Lao Tseu (老子 Lǎozǐ, « le Vieil Enfant »), fondateur semi-légendaire du taoïsme, que Confucius (孔夫子 Kǒng Fūzi, « Maître Kong »), à un moindre degré, et casse du sucre sur le dos de chacun. L'épisode est le plus célèbre de la vie du premier cité de ces illustres philosophes : Lao Tseu quitte ce monde de brutes mais, avant de s'exiler définitivement, lègue à la postérité, sur demande du gardien de la passe qui mène au désert, un court ouvrage de cinq mille caractères en deux parties, qui restera connu sous le titre de Livre de la Voie et de la Vertu[74].

Aujourd'hui la plupart des historiens ou spécialistes du taoïsme estiment que l'ouvrage est de plusieurs auteurs et qu'il est probablement postérieur de quelques siècles, en tout cas sous sa forme actuelle, à Lao Tseu lui-même, dont l'existence historique est d'ailleurs mise en doute (il aurait vécu au VIe siècle avant notre ère)[75].

Il est intéressant de constater que récemment, dans le cadre de la réhabilitation du confucianisme qui a cours en Chine, cette nouvelle a été lue comme une reconnaissance par l'auteur de la supériorité du confucianisme, qui prône l'engagement dans la société, sur le taoïsme et sa philosophie du non-agir et de l'exil. Dans l'un de ses essais, Lu Xun a lui-même écrit que le taoïsme avait encore trop d'influence sur les intellectuels chinois et que cette philosophie faite de « vantardises et de verbiage » n'était que « prétexte pour reculer » (ses termes !).

Mais bien perspicace, en réalité, celui qui pourrait retirer des brèves apparitions de Confucius dans Franchir les passes *l'impression que Lu Xun l'a, lui, en plus haute estime !*

---

[74] Le 道德经 Dàodéjīng, ou plus simplement le Laozi.

[75] Dans cette version de la chronologie, les premiers textes taoïstes seraient constitués non pas du Laozi, mais des plus anciens passages de l'ouvrage appelé le Zhuangzi, du nom de son auteur, Maître Zhuang, autre célèbre taoïste (Voir la dernière nouvelle du recueil, *Réveiller les morts*). Ces datations font toujours l'objet de vifs débats.

LAO-TSEU ÉTAIT ASSIS, aussi immobile qu'une stupide bûche de bois.

« Maître, Confucius est revenu ! »

Son disciple Keng-Sang Tch'eou avait pénétré dans la pièce en coup de vent et lui parlait à voix basse.

« Prie-le de… »

« Maître, comment allez-vous ? demanda Confucius en le saluant très respectueusement.

— Je vais toujours comme ça, répondit Lao Tseu. Et vous-même ? Avez-vous enfin fini de lire tous les livres qui sont conservés ici[76] ?

— Je les ai tous lus. Cependant… »

Confucius paraissait sur des charbons ardents, ce qui ne lui était jamais, au grand jamais arrivé.

« J'ai étudié à fond les Six livres classiques : le livre des Odes, le livre des Documents, et ceux des Rites, de la Musique et des Mutations, ainsi que les Annales des Printemps et Automnes[77]. Je crois y avoir consacré assez de temps et les maîtriser suffisamment. Et pourtant aucun des soixante-douze princes qui m'ont accordé audience ne daigne m'employer ! Suis-je donc un si piètre rhéteur ? À moins que ce ne soit la Voie elle-même qui soit difficile à expliquer ?

— Tu[78] peux pourtant t'estimer heureux de n'avoir rencontré aucun prince de talent, dit Lao Tseu. Tes babioles – tes Six Classiques, ne sont que les traces de

---

[76] D'après la tradition Laozi était en effet Grand archiviste, gardien de la bibliothèque de la cour des Zhou. Le début de cette nouvelle se conforme à la théorie qui veut que Confucius fût en fait un disciple – pas très éveillé… – de Laozi.

[77] Il s'agit des ouvrages que les lettrés candidats aux examens mandarinaux devaient connaître par cœur.

[78] L'alternance des « tu » et des « vous » dans les parties de dialogue prononcées par Laozi est bien voulue par l'auteur…

pas laissées par nos anciens rois. En quoi pourraient-ils t'aider à sortir des ornières du passé ? Tes paroles sont comme ces traces de pas. Les traces sont faites par les souliers, mais sont-elles les souliers eux-mêmes ? »

Il fit une courte pause et reprit :

« Les hérons blancs se fixent l'un l'autre et sont fécondés sans même que leurs yeux ne tressaillent. Les insectes se fécondent quand le mâle au vent appelle la femelle sous le vent et qu'elle répond. Le *lei*[79] porte en lui-même aussi bien les organes masculins que féminins, aussi se féconde-t-il tout seul. La nature ne peut être changée, le destin ne peut être échangé ; le temps ne peut être arrêté, la Voie ne saurait être obstruée. Si tu atteins la Voie, tout marchera comme sur des roulettes ; mais si tu la reperds, rien n'ira plus ! »

Confucius semblait avoir reçu un grand coup de bâton sur le crâne et s'assit, l'esprit dans une grande confusion. Il avait tout l'air d'une bûche ahurie.

Après quelque huit minutes, il prit une profonde inspiration et se releva pour prendre congé, remerciant poliment Lao Tseu pour cette grande leçon comme il ne manquait pas de le faire à chaque fois.

Lao Tseu ne fit rien pour le retenir et se leva lui aussi, s'appuyant sur sa canne. Il le raccompagna jusqu'à la grande porte de la bibliothèque. Comme Confucius allait monter en voiture, alors seulement il lui proposa :

« Vous partez déjà ? Ne restez-vous donc pas pour le thé ? »

Confucius marmonna quelques mots d'excuse et grimpa sur son char. Il joignit les deux mains dans un

---

[79] 类 *lèi* : animal hermaphrodite mythique, ressemblant à un chat (décrit dans le *Classique des Monts et des Mers* ou 山海经, IIIe ou IVe siècle avant notre ère).

geste de respect en s'appuyant des coudes à la barre transversale. Jan Yeou[80] agita son fouet et poussa un Hue ! Le véhicule se mit en branle. Quand il se fut éloigné de plus de dix pas, Lao Tseu s'en retourna dans son réduit.

« Le maître a l'air très content aujourd'hui, dit Keng-Sang Tch'eou en voyant Lao Tseu qui s'était rassis. Il se tenait debout à son côté, les bras ballants[81].

« Vous en avez dit des choses…

— Tu as raison. Lao Tseu poussa un petit soupir et ajouta sur un ton lugubre : j'en ai même beaucoup trop dit. »

Puis quelque chose d'important sembla soudain lui revenir en mémoire :

« Ah, Confucius m'a offert une oie sauvage, mais c'est de la viande séchée, n'est-ce pas ? Tu n'as qu'à te la faire cuire toi-même, vu que je n'ai plus aucune dent je ne pourrai de toute façon pas la mâcher. »

Keng-Sang Tch'eou sortit. Lao Tseu se calma et ferma les yeux. Le silence régnait dans la bibliothèque. Il entendit le bruit d'une perche qui heurtait l'avant-toit, c'était Tch'eou qui décrochait l'animal pendu sous l'auvent.

*

TROIS MOIS passèrent sans coup férir. Lao Tseu restait assis immobile, cultivant sa ressemblance avec une bûche stupide.

---

[80] 冉有 pinyin *Răn Yŏu* : disciple de Confucius ; contrairement à son maître, il aura de nombreuses occasions dans sa carrière d'appliquer l'art confucéen du gouvernement.

[81] Se tenir debout les bras ballants est également une attitude de respect.

« Maître, Confucius est revenu ! lui dit son disciple Keng-Sang Tch'eou à voix basse, le ton un peu surpris, en rentrant dans la pièce. Et pourtant il ne s'est pas manifesté depuis un bon bout de temps. Qu'est-ce qu'il peut bien vouloir ce coup-ci ?

— Prie-le de... Comme toujours Lao Tseu se contentait de ces trois mots.

— Maître, comment allez-vous ? demanda Confucius en le saluant très respectueusement.

— Je vais toujours comme ça, dit Lao Tseu. Cela fait longtemps que je ne t'ai pas vu, j'imagine que tu es resté caché dans un coin à travailler avec ardeur ?

— Si peu, si peu, répondit modestement Confucius. Je ne suis en effet pas sorti, je réfléchissais. Et voilà ce que j'ai découvert : les pies et les corbeaux s'embrassent sur le bec. Les poissons se maculent de salive. Les guêpes solitaires à la taille fine se métamorphosent[82]. Et l'aîné pleure quand sa mère tombe enceinte du petit frère... Si je ne me jette pas en personne dans le changement, comment pourrais-je changer les autres ?

— C'est cela ! Vous avez trouvé ! » dit Lao Tseu.

Et tous deux de s'abîmer dans le silence comme deux stupides morceaux de bois.

Huit minutes plus tard environ, Confucius exhala un profond soupir et se leva pour prendre congé, remerciant poliment Lao Tseu pour cette grande leçon comme il ne manquait pas de le faire à chaque fois.

Lao Tseu ne le retint pas plus que la fois d'avant. Il se leva et l'accompagna jusqu'au seuil de la

---

[82] Les Chinois anciens croyaient en effet que cette sorte de guêpe (细腰蜂 *xìyāo fēng* ou 蜾蠃 *guǒluǒ*) était unisexe et ne se reproduisait qu'en « adoptant » des chenilles armigères (d'une sorte de papillon de nuit) et en les transformant en ses propres larves.

bibliothèque en s'appuyant sur sa canne. Comme Confucius allait monter en voiture, alors seulement il lui proposa :

« Vous partez déjà ? Ne restez-vous donc pas pour le thé ? »

Confucius marmonna quelques mots d'excuse et grimpa sur son char. Il joignit les deux mains dans un geste de respect en s'appuyant des coudes à la barre transversale. Jan Yeou agita son fouet et poussa un Hue ! Le véhicule se mit en branle. Quand il se fut éloigné de plus de dix pas, Lao Tseu s'en retourna dans son réduit.

« Le maître a l'air très content aujourd'hui, dit Keng-Sang Tch'eou en voyant Lao Tseu qui s'était rassis. Il se tenait debout à son côté, les bras ballants.

« Vous en avez dit bien peu…

— Tu as raison. Lao Tseu poussa un petit soupir, sur un ton quelque peu désappointé. Et pourtant, tu sais quoi ? Je crois qu'il est temps pour moi de partir.

— Hein ? Mais pourquoi donc ? s'exclama Tch'eou, plus stupéfait que s'il avait été frappé par la foudre un jour de beau temps.

— Confucius a enfin compris ce que j'essayais de lui dire. Or il sait qu'il n'y a que moi qui sois capable de le percer à jour. Il ne sera jamais tranquille… Si je ne pars pas, tout cela va devenir très embarrassant.

— Mais pourtant, ne marchiez-vous pas tous deux dans la même Voie ? Pourquoi devriez-vous partir ?

— Non, dit Lao Tseu en agitant la main, notre Voie est très différente. Si nous partagions la même paire de sandales, la mienne errerait dans le Gobi tandis que la sienne piétinerait à la Cour du Roi !

— Mais vous êtes son maître !

— Tu as beau avoir étudié si longtemps auprès de moi, tu es encore d'une naïveté confondante ! dit Lao Tseu en riant. La nature est inaltérable, le destin est immuable. Sache que Confucius et toi n'êtes pas le même genre de disciple : il ne reviendra plus jamais et ne m'appellera plus jamais maître. Il me qualifiera au mieux de vieux fou et se jouera de moi dans mon dos.

— Je n'aurai pas pensé… mais vous ne vous trompez jamais sur les gens.

— Mais si, au début je me trompais souvent.

— Alors, dit Keng-Sang Tch'eou en réfléchissant, il ne nous reste plus qu'à le combattre. »

Lao Tseu sourit derechef et exhiba ses gencives :

« Regarde. Est-ce que j'ai encore mes dents ?

— Non.

— Et est-ce que j'ai encore ma langue ?

— Oui.

— Et donc ?

— Le maître veut dire que ce qui est dur disparaît bien avant ce qui est mou.

— Tu as raison une fois de plus. Eh bien, peut-être devrais-tu ranger tes affaires et regagner tes pénates. Mais auparavant, donne un coup de brosse au buffle noir et aère le harnais. Je partirai demain à l'aube. »

*

ARRIVÉ au surplomb de la passe de Han-Kou[83], Lao Tseu ne continua pas sur la route qui menait à la grande porte fortifiée. Il arrêta sa monture et l'obligea

---

[83] 函谷关 *Hángǔ guān*: défilé proche du Fleuve Jaune au Henan. Bien après la mort de Laozi, cette passe, lourdement fortifiée par le Royaume de Qin, devint l'un des endroits les plus stratégiques de la fin des Royaumes Combattants..

à prendre un sentier qui serpentait le long du pied de la muraille, qu'il souhaitait escalader. Elle n'était pas très haute : il suffirait de grimper sur le dos du buffle, de s'étirer au maximum et de se hisser à la force des bras. Mais l'animal resterait du mauvais côté du mur car il n'avait aucun moyen de le lui faire franchir. Il aurait fallu pour cela disposer d'apparaux de levage de charges lourdes, or à cette époque ni Lou Pan ni Mo Ti n'étaient encore de ce monde et Lao Tseu n'imaginait même pas que ce genre de machines pussent un jour être inventées[84]. En bref, il avait beau user de toute la puissance de sa philosophie, aucune solution ne se présentait à lui.

Mais il ne savait pas qu'au moment où il s'était aventuré sur le sentier secondaire, il avait été repéré par une sentinelle qui s'était empressée d'aller rendre compte au gardien de la Porte. À peine s'était-il détourné de quatre-vingts pieds qu'une troupe de cavaliers se lançaient à ses trousses. La sentinelle était en tête, suivi de Hsi le gardien, de quatre patrouilleurs du guet et de deux gabelous en serre-file.

« Halte là ! » crièrent plusieurs voix.

Lao Tseu refréna en hâte son buffle noir et resta planté sur place comme une souche stupide. Le gardien de la Porte arrivait en trombe. À la vue du visage du poursuivi, il poussa un cri de surprise.

« Ah ! Tiens donc ! Ne seriez-vous pas le Grand Archiviste Lao Tan ? Si j'avais pu m'imaginer... »

---

[84] 魯班 *Lǔ Bān* et 墨翟 *Mò Dí* ou 墨子 *Mòzi* : tous deux inventeurs de machines de guerre et spécialistes de la guerre de siège. Le premier, ingénieur du Royaume de Lu, est devenu patron des charpentiers. Le second est bien sûr le fondateur de l'école philosophique du moïsme. Voir la nouvelle suivante de ce recueil, *Anti-guerre*.

Et ce disant il sautait à bas de son cheval et saluait des deux poings joints devant sa poitrine.

Lao Tseu descendit prestement de son buffle, plissa les yeux pour mieux scruter le gardien et finit par marmotter :

« J'ai une si mauvaise mémoire…

— Naturellement, Maître ! Vous avez oublié… Je suis le gardien Hsi, j'ai eu l'honneur de vous rendre visite à la Grande Librairie alors que je m'y rendais pour consulter cet ouvrage essentiel, De la Quintessence de la Perception des Taxes et Gabelles… »

L'un des gabelous avait déjà retourné le harnachement du buffle et l'avait percé d'un coup de son poinçon. Il y glissa le doigt et le remua à l'intérieur, puis s'éloigna sans un mot, la bouche tordue d'un rictus de déception.

« Le Maître se promène le long de la muraille ? demanda Hsi.

— Non non, je voulais juste sortir pour changer un peu d'air…

— Mais bien sûr ! Comment donc ! De nos jours tout le monde n'a que l'hygiène et la bonne santé à la bouche. C'est primordial ! Et puisque vous nous donnez l'occasion d'une si rare rencontre, permettez-moi de vous inviter à venir passer quelques jours au grand air, sur la passe, nous pourrions bénéficier de vos leçons… »

Lao Tseu n'avait pas encore eu le temps de formuler une quelconque réponse que les quatre patrouilleurs s'approchèrent et le réinstallèrent d'autorité sur sa selle. Le gabelou planta son poinçon dans la fesse du buffle, lequel recroquevilla la queue et se mit docilement en route. Tout ce petit monde fit demi-tour au petit trot vers la passe de Han-Kou.

À l'arrivée à la tour de la Porte on fit ouvrir la grande salle pour y recevoir l'invité de marque. La salle se trouvait sur un des niveaux intermédiaires. La fenêtre donnait sur la monotonie d'une vaste plaine de terre jaune qui plongeait à l'horizon. Le ciel était d'un bleu éclatant : ce n'était en effet pas l'air pur qui manquait par ici. La forteresse se dressait sur un abrupt promontoire qu'encadraient à mains droite et gauche deux falaises de terre. La route passait dans ce défilé si étroit qu'on eût dit qu'une seule boulette d'argile eût suffit à le bloquer.

Tout le monde but de l'eau bouillie puis grignota une galette. Hsi laissa Lao Tseu se reposer un moment puis remit sur la table le sujet du cours à donner. Lao Tseu avait compris depuis belle lurette qu'il n'y couperait pas et marmonna son accord, la bouche encore pleine. Dans un certain tumulte, la salle se remplit peu à peu de gens qui venaient s'asseoir pour l'écouter. En plus des huit qui l'avaient escorté jusqu'ici, se rajoutèrent quatre patrouilleurs, deux autres douaniers, cinq sentinelles, un secrétaire, le comptable et le chef cuisinier. Certains étaient même venus avec leur pinceau, leur grattoir et leurs lamelles de bois, prêts à noter la parole du maître.

Lao Tseu se tenait assis au milieu de l'audience, à peu près aussi vif qu'une souche. Il garda un profond silence pendant un moment, puis toussota et enfin ses lèvres perdues dans sa barbiche blanche se mirent en mouvement. Autour de lui, tous retinrent leur souffle et tendirent l'oreille. Ils n'entendaient plus que le lent débit de son monologue :

« La Voie qui peut être empruntée n'est pas la Voie éternelle,
Le Nom qui peut être nommé n'est pas le nom éternel.
Le Sans-Nom est à l'origine de la Terre et du Ciel,
L'Avec-Nom est la mère des dix mille êtres... »

Les spectateurs se jetèrent des regards interloqués ; pas un trait de pinceau ne fut jeté sur le bois. Lao Tseu continua :

« C'est pourquoi le Sans-Désir peut percevoir l'Essence de la vie,
Tandis que l'Avec-Désir peut en percevoir l'Effet.
Tous deux ont la même origine mais des noms différents.
Cette origine commune, c'est le Mystère ;
Le Mystère encore plus mystérieux,
La porte d'accès à l'Essence... »[85]

Sur les visages de ses auditeurs se lisait une certaine douleur et certains avaient l'air complètement désemparés. L'un des gabelous partit d'un énorme bâillement, le secrétaire quant à lui piqua carrément du nez. Patatras ! Grattoir, pinceau et lamelles de bois lui tombèrent des mains sur la natte de bambou.

Lao Tseu faisait semblant de rien mais avait quand même dû remarquer que quelque chose se passait, car il crut bon de rentrer encore plus dans le détail à partir de là. Et comme il n'avait plus de dents son élocution était passablement brouillée ; à l'accent du Shaan-Hsi qu'il avait acquis se mêlaient quelques

---

[85] Il s'agit bien sûr du premier chapitre du Livre de la Voie et de la Vertu. Le traducteur n'aura pas la prétention d'affirmer que cette traduction-là en est parfaite, mais elle n'est pas forcément plus incompréhensible, sans les explications, que nombre d'autres disponibles sur le marché !

intonations du Hou-Nan, remontant à son enfance : il confondait les l et les n[86]. En sus, il y rajoutait des bruits de gorge de sa propre façon. Personne ne comprenait rien à son baragouin. Cela n'en finissait plus et les gens qui s'étaient assemblés là, au lieu de s'instruire à son écoute, souffraient un atroce martyre.

Tous pourtant endurèrent ce supplice jusqu'au bout pour sauver la face ; mais la belle ordonnance du début se mua vite en un pêle-mêle de corps vautrés dans les positions les plus diverses et chacun consacrait ses pensées à ses propres affaires. Quand enfin Lao Tseu prononça « La voie du Sage est d'agir sans efforts » et se tut, personne ne réagit. Le Maître laissa passer un petit moment puis lâcha :

« Hum ! C'est fini. »

Les auditeurs se réveillèrent comme s'ils émergeaient d'un long rêve, mais bien qu'ils fussent restés assis trop longtemps et que leurs jambes gourdes les empêchassent de se relever, ils éprouvaient tous un profond sentiment d'heureuse surprise, comme s'ils avaient appris qu'ils venaient de bénéficier d'une amnistie générale.

*

---

[86] C'est en effet l'une des caractéristiques de nombreux patois mandarins méridionaux (Sichuan, Hunan...). Au Hunan (Hou-Nan) on inverse en plus les « f » et les « h », ce qui fait que le nom de la province est pour ses habitants le « Foulan »... Lao Zi, d'abord sujet du royaume de Chu, était censé être né dans l'actuelle province du Hunan. Un autre grand personnage originaire de cette province, et dont l'accent était d'ailleurs tout aussi incompréhensible pour une bonne partie des Chinois, était le président Mao Tsé-Toung.

ALORS Lao Tseu fut escorté jusqu'à une chambre située dans l'aile du bâtiment pour s'y reposer. Il but quelques gorgées d'eau bouillie et reprit sa position d'immobilité favorite, semblable à une bûche de bois mort.

Mais à l'extérieur de sa chambre on discutaillait ferme. Après un bref instant quatre délégués vinrent voir Lao Tseu. L'idée générale de leur message était qu'il s'était exprimé un peu trop vite et que son langage n'était pas tout à fait du plus pur standard national[87]. Aussi personne n'avait pu noter quoi que ce soit. Il était tout à fait dommage que son enseignement n'ait pu être consigné pour la postérité. Pouvait-il prendre la peine d'en rédiger une brève synthèse ?

« Dou débout'à la fino, j'avions ren capice à c'qu'eud vouss glaviotte, une fois ! » déclara doctement le comptable, ses longues affectations sur les marches tant méridionales que septentrionales du royaume se trahissant dans son discours.

« Benleu vau mai que vos escriuretz aquest libre vos medish, aïtal ne perderetz pas vostre temps ! Non pas ? Vaï ! » dit le secrétaire dans son dialecte du sud-est[88].

Lao Tseu n'était pas bien sûr d'avoir compris, lui non plus. Mais en voyant les deux autres disposer

---

⁸⁷ Langue nationale ou 国语 *guóyǔ* : la notion n'existait même pas, évidemment, à l'époque de Laozi. Ce langage a été officiellement établi en 1909 par la dynastie Qing finissante, à partir de la version pékinoise du mandarin, et a ensuite été promu par la République de Chine (avec moult débats et difficultés).

⁸⁸ Le secrétaire s'exprime originellement dans le dialecte de Suzhou, au sud-est de ce qui était la Chine à l'époque de Laozi, d'où le choix de cette transcription utilisant l'occitan provençal : « Peut-être vaut-il mieux que vous écriviez le livre vous-même, ainsi vous ne perdrez pas votre temps. N'est-ce pas ? »

devant lui pinceau, grattoir et lamelles, il devina qu'il lui était instamment demandé de fournir quelques gloses à son discours. Aussi donna-t-il son accord ; mais il était trop tard aujourd'hui, il ne commencerait que demain.

Satisfaits du résultat de leur ambassade, les quatre hommes se retirèrent.

Le lendemain au petit jour, le temps était lourd et maussade et l'humeur de Lao Tseu en accord. Il ne pouvait échapper à sa corvée car il comptait bien franchir la passe le plus vite possible ; et avant de pouvoir la franchir, il lui fallait sortir d'ici et donc mettre son enseignement par écrit. Mais plus il contemplait le tas de lames de bois devant lui, plus il se sentait mal. Sans perdre une once de son flegme cependant, il s'assit et se mit à écrire. Il réfléchissait un moment, se remémorait son discours de la veille et notait phrase par phrase. À cette époque les lunettes n'avaient pas encore été inventées ; les yeux de presbyte de Lao Tseu n'avaient plus que l'épaisseur d'un fil et fatiguaient très vite. Ne s'arrêtant que pour boire de l'eau chaude et manger quelques galettes, Lao Tseu écrivit pendant une journée et demie, mais sa production n'excéda guère cinq mille gros caractères.

« Pour enfin franchir cette passe, ça sera bien plus qu'assez ! » pensa-t-il. Puis il se munit d'une cordelette et relia les lamelles en deux rouleaux. S'appuyant sur sa canne, il alla remettre son manuscrit au gardien Hsi dans son bureau et proclama son désir de partir à l'instant.

Satisfait, reconnaissant et contrit tout à la fois, le gardien tenta de le retenir une journée de plus. Mais

Lao Tseu n'en démordait pas et Hsi dut accepter en affectant une mine ô combien attristée. Il ordonna à ses patrouilleurs de harnacher le buffle noir. Sur l'étagère des réserves il préleva un bloc de sel, un sachet de sésame et quinze galettes, fourra le tout dans une sacoche en tissu blanc qui provenait d'une réquisition et offrit ces provisions de route au vieux maître. Il expliqua que ces égards n'étaient dus qu'au fait que Lao Tseu était un vieil auteur. Les plus jeunes n'avaient droit qu'à dix galettes.

Lao Tseu remercia profusément, prit la sacoche et descendit de la tour, entouré de toute la garnison. À la grande porte il voulut encore mener son buffle par les rênes. Le gardien l'exhorta à monter en selle. Après quelques échanges, il y consentit. Les adieux enfin terminés, il tourna bride et s'engagea lentement sur la route qui descendait du promontoire.

Le buffle allongea le pas. De la porte tout le monde les escortait du regard. Sur les dix premières toises chacun pouvait distinguer la barbe blanche, la tunique jaune, le buffle noir et la sacoche blanche, mais bientôt l'homme et sa monture étaient cachés par le nuage de poussière soulevé par les pas de l'animal. Les couleurs se fondirent en un gris uniforme. Un moment encore, et l'on ne voyait plus rien d'autre que des rouleaux de poussière jaune.

*

LES SPECTATEURS réintégrèrent la forteresse, s'étirant comme s'ils venaient de se débarrasser d'un lourd fardeau. Ils claquaient la langue à l'idée de juger bientôt de la valeur de leur nouvelle acquisition.

Beaucoup suivirent le gardien dans son bureau.

« Ça est eul' fameux manuscrit une fois ? dit le comptable en ramassant et retournant l'un des rouleaux. Hé ! Ça reste lisible... J'croyons ben qu'on pourra eul' fourguer sul'marché, on trouv'ra ben quequ'un pour eul'acheter. »

Le secrétaire s'approcha et lut la première strophe.

« La Voie qui peut être empruntée n'est pas la Voie éternelle...

« Té ! Encüera aquestes vièlhas istorias... Lo son long devis m'a tarriblament escagassé los alibofis. Malastrada ![89]

— Pour soigner tes... migraines, rien de mieux qu'une petite sieste... répondit le comptable en déposant le rouleau.

— Ha ha ha ! Tu parles que je m'en suis tapé un de petit roupillon ! À dire vrai, j'avais cru que ce vieux cochon allait nous raconter l'histoire de ses conquêtes, c'est pour cela que je suis venu l'écouter. Si j'avais su qu'il allait nous infliger toutes ces âneries, je ne serais pas venu endurer cette demi-journée de torture !

— Eh oui ! Ça prouve une fois de plus que tu es bien mauvais juge des personnes, dit le gardien Hsi, se mêlant en souriant à leur conversation. Comment veux-tu qu'il ait de telles histoires à raconter ? Il n'en a sûrement jamais vécu une seule.

— Comment le savez-vous, chef ? fit le secrétaire surpris.

— Si tu l'avais écouté au lieu de dormir, tu aurais

---

[89] Le lecteur français nous pardonnera si à partir d'ici, comme Lu Xun l'a fait lui-même, nous traduisons le parler dialectal de ces deux médiocres individus en une langue qui lui sera plus immédiatement accessible.

peut-être pu l'entendre dire : « Par le Non-Agir, tout peut s'accomplir ». Non, vraiment, ce type a « l'ambition d'atteindre le ciel, mais son destin est mince comme une feuille de papier[90] ». Vouloir tout accomplir, c'est risquer de finir par ne rien faire… Aimer une fille, pour lui, c'est forcément les aimer toutes ! Alors comment pourrait-il aimer, comment oserait-il aimer ? Tandis que toi : à peine aperçois-tu la moindre créature post-pubère, belle ou tarte, que tu lui fais les yeux doux comme si c'était déjà bobonne ! Mais j'ai bien peur que, tout comme notre estimé comptable ici présent, tu sois remis dans les clous dès que tu auras pris femme… »

Au-delà de l'embrasure de la fenêtre le vent souffla soudain en bourrasque. Un frisson passa sur les hommes réunis dans la pièce.

« Et le vieux, au fait, on sait où il va ? Et ce qu'il compte y faire ? » Le secrétaire profita du bref silence pour détourner la conversation à laquelle le gardien avait donné un tour un peu trop intime.

« Il a dit qu'il voulait se retirer dans le désert, dit Hsi froidement. Il faudrait d'abord qu'il y arrive. Là dehors, non seulement il n'y a ni sel ni farine mais même l'eau est rare. Quand son estomac commencera à crier famine, il va très probablement nous revenir la queue entre les jambes.

— Eh bien, on lui demandera de nous pondre un autre livre ! dit le comptable en se réjouissant à cette perspective. Mais il ne faut plus gâcher les galettes comme vous l'avez fait, chef. Cette fois, il arrivera de

---

[90] Citation du grand roman classique *Le rêve dans le pavillon rouge* (XVIIIᵉ s.), donc parfaitement anachronique dans les circonstances présentes.

l'extérieur : nous n'avons qu'à lui dire que les nouvelles directives sont de promouvoir les nouveaux auteurs ! Pour deux rouleaux de manuscrit cinq galettes seront bien suffisantes.

— Je ne crois pas que ce soit une bonne idée. Il risque de mal le prendre et de se mettre en colère.

— Vous croyez qu'un ventre affamé est capable de se mettre en rogne ?

— Moi je crains plutôt que personne ne veuille lire ce genre d'insanités, intervint le secrétaire en agitant la main. Même une aumône de cinq galettes, nous n'arriverons jamais à la recouper. Non mais ! À supposer qu'il ait raison, ce qu'il dit, c'est que le chef devrait renoncer à son boulot de Gardien de la Porte, aller se mettre les doigts de pieds en éventail, et il serait alors capable de tout ! Et ça ferait de lui un grand homme ?

— Je ne serai pas inquiet de ce point de vue-là, dit le comptable. Il y aura toujours des pigeons pour l'acheter. Des gardiens à la retraite, ou bien des ermites qui n'ont pas encore été gardiens, ce genre de types… Ça fait du monde, non ? »

Au-delà de la fenêtre le vent souffla encore une fois en bourrasque. La poussière jaune se levait en tourbillons et obscurcissait la moitié du ciel. Le Gardien jeta un coup d'œil vers la porte et vit les patrouilleurs et sentinelles amassés, qui écoutaient leur bavardage d'un air ahuri.

« Qu'est-ce que vous foutez là ? hurla-t-il. Est-ce que le crépuscule n'est pas justement le moment où les contrebandiers ont tendance à vouloir escalader cette putain de muraille pour éviter les taxes ? Allez hop hop ! Au boulot ! »

L'assemblée s'égaya comme une volée de moineaux. Ne restaient dans la pièce que les trois compères qui ne dirent plus un mot. Le secrétaire et le comptable prirent alors rapidement congé. Le Gardien Hsi essuya de la manche de sa tunique la poussière jaune qui s'était déposée sur la table, prit les deux rouleaux de lamelles de bois et les déposa sur son étagère, auprès du sel, du sésame, des tissus, du soja, des galettes et du reste du butin des confiscations.

Décembre 1935

Anti – guerre

非攻

Une règle de charpentier soi-disant fabriquée par
Lou Pan, alias Kong-Chou Pan (c'est marqué dessus).

APRÈS Confucius et Laozi, et avant Zhuangzi, Lu Xun s'attaque ici à un autre monument en la personne de Mozi[91], le philosophe pacifiste et guerrier tout à la fois. Au Ve siècle avant notre ère, la Chine est plongée dans l'interminable guerre qu'est toute la période des Royaumes Combattants, qui prendra fin plus de deux cents ans plus tard par la mise en place du premier véritable Empire chinois, sous la bannière du Qin, le plus déterminé, le plus implacable et le mieux organisé des royaumes rivaux. Cette période de chaos est aussi la plus riche de l'histoire de la pensée chinoise — grâce à la floraison d'écoles philosophiques dédiées à la recherche de solutions aux problèmes du temps, grâce aussi au mécénat des princes qui veulent s'attirer les esprits les plus brillants.

Mozi se démarque en refusant de se mettre au service de tel ou tel de ces seigneurs ; certains de ses disciples ou héritiers n'auront pas les mêmes scrupules. Bien au contraire, il crée une sorte d'armée privée, laquelle, au nom de la lutte conte l'agression, se portera au secours des villes et des principautés attaquées sans autre raison que la soif de conquête. Ce combat en faveur du pacifisme est porté par une philosophie de « l'amour universel » qui n'est pas, malgré son nom, précurseur du mouvement hippie, mais plutôt une sorte de « talibanisme ». Le moïsme rejette en effet tout ce qui n'est pas perçu comme immédiatement utile au bien du peuple — ou plutôt, au bien du peuple tel que son fondateur le conçoit ; ce sont ainsi non seulement les rites confucéens, mais aussi tous les plaisirs de la vie qui sont considérés comme inutiles et donc nuisibles. Cet extrémisme fait que le moïsme n'aura pas le même succès que les autres grandes écoles philosophiques qui tentent de s'accommoder de la nature de l'homme plutôt que de la forcer ; quelques siècles suffiront pour que son influence s'éteigne. Il resurgira parfois, sans grand

---

[91] 墨子 *Mòzǐ*, « Maître Mo », prénommé 翟 *Dí*, -479 à -392. Transcription EFEO Mo Tseu ou Mo Ti.

lendemain, au cours des deux millénaires qui suivront, comme un élément parmi d'autres des bouquets idéo-philosophiques dont se réclameront divers mouvements de révoltés ou d'illuminés – jusqu'aux communistes chinois qui n'hésiteront pas à en faire de Mozi un proto-marxiste.

Ainsi, le second protagoniste de ce récit, bien que parfaitement insignifiant pour l'histoire de la philosophie, est beaucoup plus connu de la majorité des Chinois, du moins parmi ceux qui n'ont pas étudié les textes anciens. Gongshu Ban, ou Lu Ban[92], ingénieur et inventeur génial mais peu regardant quant aux conséquences de ses actes, est en effet très populaire dans la culture traditionnelle et le folklore. Saint patron des charpentiers et des constructeurs, il a droit à son propre culte et à quelques temples. Il a même son proverbe : 班门弄斧 bānmén-nòngfǔ, *qui signifie* Manier la hache devant la porte de Ban, *autrement dit, tenter d'en imposer par ses talents devant un véritable expert, au risque bien sûr de passer pour un âne.*

Un

KONG SUN-KAO, disciple de Tseu Hia[93], était déjà venu plusieurs fois chez Mo Tseu mais n'avait pas pu lui mettre la main dessus car le maître n'était jamais à la maison. À la quatrième ou cinquième tentative toutefois, ils se croisèrent par pure coïncidence sur le pas de la porte ; Sun-Kao arrivait pile au moment où Mo Tseu regagnait enfin sa demeure, où ils pénétrèrent ensemble.

---

[92] 鲁班 Lǔ Bān, « Ban du pays de Lou », de son nom 公输般 Gōngshū Bān, EFEO Kong-Chou Pan.

[93] Lui-même l'un des meilleurs élèves de Confucius.

Après quelques formalités d'usage, Sun-Kao demanda poliment, son regard ne pouvant se détacher d'un trou dans le tapis :

« Le Maître prône-t-il toujours le pacifisme ?

— Tout à fait !

— Les hommes de bien devraient-ils donc renoncer à se battre ?

— Absolument, répondit Mo Tseu.

— Pourtant même les porcs et les chiens se battent, alors que dire des hommes…

— Aha ! Vous autres, les Confucéens, toujours à nous pondre de beaux discours sur l'imitation de Yao et de Chouen, calquez-vous vos actes sur ceux des porcs et des chiens ? Pathétique, vraiment ! Pathétique ! » s'écria Mo Tseu en se levant. Il se dirigea à pas pressés vers la cuisine, grommelant :

« Tu ne comprends rien à ce que je veux dire… »

Il traversa la cuisine jusqu'au puits situé derrière la porte du fond, en actionna le treuil et puisa la moitié d'une jarre d'eau. Empoignant le récipient à deux mains, il but goulûment, reposa la jarre et s'essuya la bouche. Il s'écria alors, les yeux tournés vers un coin du jardin :

« Ah-Lien ! De nouveau parmi nous ? »

Ah-Lien accourait déjà, l'ayant aperçu le premier. Il se planta au garde-à-vous, claqua un « Maître ! » sonore puis raconta, un trémolo de colère dans la voix :

« J'ai renoncé. On ne peut pas leur faire confiance. Ils m'avaient promis un millier de mesures de maïs mais ne m'en ont donné que cinq cents. J'ai dû les quitter.

— Et s'ils t'en avaient donné mille, serais-tu parti ?

— Non.

— Ce n'était donc pas une question de confiance, mais un simple problème d'arithmétique ! »

Sur ce Mo Tseu réintégra la cuisine et cria :

« Keng Tchou-Tseu ! Fais-moi cuire de la farine de maïs ! »

Keng Tchou-Tseu arrivait justement de la pièce principale. C'était un jeune homme d'allure tout à fait dégourdie.

« Je vous en prépare pour plus de dix jours de route, Maître ?

— Oui. Kong Sun-Kao est reparti ?

— Oui, dit Tchou-Tseu en riant, il était très en colère ! Il a dit qu'à prêcher l'amour universel plutôt que la piété filiale, nous étions pire que des bêtes ! »

Cela arracha aussi un sourire à Mo Tseu.

« Le Maître se rend à Tch'ou ?

— Oui. Tu avais deviné ? »

Mo Tseu laissa Tchou-Tseu mélanger la farine avec de l'eau. À l'aide d'un silex et de moxa il s'affaira à allumer un feu de branchages secs sous une marmite pleine d'eau. Il continua :

« Notre compatriote Kong-Chou Pan, celui qui est si malin, s'évertue à semer le vent pour récolter la tempête. Non content d'avoir inventé le grappin et l'éperon et d'avoir persuadé le roi de Tch'ou de s'en prendre à Yue, il nous sort maintenant un nouvel engin de siège, "l'Échelle à grimper aux nuages", et veut inciter le roi à attaquer le pays de Song ! Song est un tout petit royaume et ne pourra jamais résister. Je m'en vais donner à Pan une petite leçon. »

Tchou-Tseu avait déjà déposé les petits pains de maïs dans le panier à vapeur. Mo Tseu retourna dans sa chambre et farfouilla dans un placard pour en

extraire une poignée de feuilles de senousse [94]
marinées dans la saumure et séchées, ainsi qu'un vieux
couteau de bronze abîmé. Puis il dénicha l'atroce
guenille qui lui servait de baluchon et en enveloppa le
tout avec les petits pains que son disciple lui amena
bientôt. Il n'avait prévu ni serviettes de toilette, ni
habits de rechange ; il resserra son ceinturon de cuir
et passa dans le hall d'entrée pour enfiler ses sandales
en herbes. Puis il épaula son paquet et partit sans
tourner la tête, laissant flotter derrière lui des traînées
de vapeur qui émanaient encore du baluchon.

« Quand rentrerez-vous, Maître ? cria Keng
Tchou-Tseu dans son dos.

— Compte au moins vingt jours ! » répondit-il sans
s'arrêter.

Deux

QUAND IL PASSA la frontière et pénétra au pays de
Song, les courroies de ses sandales s'étaient déjà
rompues trois ou quatre fois et ses plantes de pieds
commençaient à brûler. Cors et ampoules poussaient
çà et là. Il n'y prêta pas garde et continua à avancer,
attentif à son environnement ; il voyait une
population assez nombreuse, mais les traces des
inondations et des pillages passés restaient
omniprésentes. Elles ne s'effaçaient pas aussi vite que
les hommes ne se multipliaient. Il marcha encore trois
jours sans voir une seule grande maison, ni un seul
arbre majestueux encore debout, ni une parcelle de

---

[94] Chenopodium album, en chinois 藜菜 *lícài*, plante cousine des
épinards dont les feuilles et l'extrémité des tiges sont comestibles.

terre fertile, ni même une trace d'entrain parmi les habitants. Il arriva ainsi à la capitale.

Les murailles en étaient délabrées mais en plusieurs endroits on les avait renforcées de nouvelles pierres. Le long des douves séchaient des tas de boue, comme si quelqu'un s'était récemment donné la peine de les curer. Mais il ne vit que quelques individus oisifs assis au bord des fossés, occupés, semblait-il, à y pêcher.

« Ils ont probablement entendu la nouvelle », se dit Mo Tseu. Mais il n'y avait aucun de ses disciples parmi les pêcheurs.

Il décida de traverser la ville et, pénétrant par la porte septentrionale, il suivit l'avenue centrale vers le sud. Le paysage urbain était tout aussi désolé, mais très calme. Les boutiques affichaient toutes des promotions mais pas un seul client ne s'y pressait ; à l'intérieur, quelques trop rares marchandises parsemaient les étals. Une poussière jaune, fine et collante, s'entassait dans les rues.

« Et ils veulent encore l'attaquer dans cet état ! » se disait Mo Tseu.

Il avançait dans l'avenue ; ne s'offraient à son regard que misère et impuissance. Les habitants étaient sans doute déjà au courant de l'offensive imminente de Tch'ou, mais on les eût dits habitués aux attaques à répétition ; elles faisaient désormais partie de leur train-train quotidien, il ne fallait pas en faire un drame. Et puis il ne leur restait plus rien, ils n'avaient plus que leur vie à perdre, alors ici ou ailleurs…

Arrivé en vue de la tour de la porte du Sud, il tomba sur un groupe d'une douzaine de personnes rassemblées au coin d'une rue, apparemment en train d'écouter quelqu'un raconter une histoire.

Et comme il se rapprochait, Mo Tseu vit le conteur qui agitait la main en l'air et l'entendit s'exclamer :

« Nous allons leur montrer de quel bois nous, les gens de Song, nous chauffons ! Nous nous battrons jusqu'à la mort ! »

Mo Tseu avait reconnu la voix de son élève, Tsao Kong-Tseu. Mais il ne tenta même pas de se frayer un chemin à travers la petite foule pour le saluer, et s'empressa au contraire de quitter la ville par la porte sud pour continuer sa route. Il marcha encore un jour et la moitié d'une nuit avant de s'abriter pour se reposer sous l'auvent d'une ferme. Il dormit jusqu'à l'aube et repartit. Ses sandales étaient parties en lambeaux et ce qu'il en restait ne lui tenait plus aux pieds. Son baluchon contenait encore quelques petits pains de maïs, il ne pouvait donc s'en servir ; alors il déchira dans sa tunique deux morceaux de tissu et s'en enveloppa les pieds.

Le tissu était bien trop fin et la surface inégale de ce chemin de campagne le faisait trébucher ; il lui était de plus en plus pénible d'avancer. À midi, il s'assit sous un tout petit sophora et ouvrit son baluchon pour y prendre son déjeuner ; la pause était surtout destinée à soulager enfin ses pieds. Il vit au loin un grand gaillard qui poussait une lourde brouette et s'approchait de son arbre. Une fois à proximité, l'homme posa la brouette et se plaça devant Mo Tseu. Relevant un coin de sa robe, il s'essuya la figure et s'écria « Maître ! », tout essoufflé.

« C'est du sable ? demanda Mo Tseu, reconnaissant son disciple Kouan Ts'ien-Ngao.

— Oui, pour la défense contre l'Échelle à grimper aux nuages.

— Et les autres préparatifs ?

— Nous avons déjà rassemblé un peu de chanvre, de cendres et de fer. Mais c'est très compliqué : certains, auxquels il reste quelque chose, ne veulent rien donner, d'autres qui voudraient bien donner n'ont plus rien. Et puis il y a tous ceux qui n'ont que de belles paroles plein la bouche…

— Hier en ville j'ai entendu Tsao Kong-Tseu prononcer son discours avec ses rodomontades habituelles sur « le bois dont on se chauffe » et sur le « combat à mort » ! Tu vas aller lui faire comprendre qu'il doit arrêter sa petite mise en scène : mourir, c'est très bien, mais ce n'est pas si facile et il faut surtout que la mort soit utile au peuple !

— Ça va être très compliqué, soupira longuement Ts'ien-Ngao. Depuis deux ans qu'il est fonctionnaire ici, il ne veut plus trop nous adresser la parole…

— Et Ts'in Houa-Li ?

— Oh lui, il est très occupé ! Il vient de terminer les essais de son arbalète à répétition. Je crains qu'il ne soit en train d'étudier la disposition du terrain du côté de la Passe de l'Ouest, vous ne pouvez l'avoir croisé. Je suppose que le Maître va à Tch'ou pour trouver Kong-Chou Pan ?

— Tout à fait. Mais je serais bien en peine de prédire s'il m'écoutera ou pas. Continuez vos préparatifs, sans trop compter sur le succès de mes démarches ! »

Kouan Ts'ien-Ngao approuva de la tête et suivit un moment des yeux Mo Tseu qui reprenait son chemin. Puis il repartit en direction de la ville, accompagné du couinement monotone de l'essieu de sa brouette.

Trois

YING, CAPITALE du royaume de Tch'ou, n'avait rien de comparable à celle de Song. Les avenues étaient larges et spacieuses, les maisons bien ordonnées, et dans les vastes boutiques étaient exposés pléthore de produits de qualité : étoffes de chanvre blanches comme neige, grains de poivre rouge, peaux de daims tachetées, lotus larges et gras. Bien que les passants fussent de stature légèrement inférieure à celle des gens du Nord, ils étaient vifs et enjoués et leurs vêtements très propres. Parmi eux, Mo Tseu, avec ses guenilles et ses pieds enveloppés de tissu, avait tout à fait l'air d'un mendiant de la vieille école.

En avançant vers le centre il arriva sur une grande esplanade couverte de nombreux étals entre lesquels la foule se pressait. C'était la place du marché, où se croisaient à angle droit les grandes avenues de la ville. Mo Tseu aborda un vieillard distingué, à l'allure de lettré, et lui demanda où habitait Kong-Chou Pan. Mais leurs dialectes étaient mutuellement inintelligibles et la communication orale impossible. Mo Tseu se mit à écrire dans la paume de sa main quand dans un brouhaha général tout le monde se mit soudain à chanter. C'était la célèbre Sai Hiang-Lin, la Nymphe de la rivière Hiang[95], qui poussait l'une de ses goualantes les plus en vogue, suivie par la foule entière lui répondant en chœur. Même le distingué lettré se prit à fredonner et Mo Tseu comprit qu'il n'y avait plus guère d'espoir de l'intéresser aux caractères

---

[95] Le nom de la chanteuse est dérivé d'une divinité attachée à la rivière Xiang qui traversait le Royaume de Chu et dont le nom désigne aussi la province du Hunan. Cette nymphe est citée dans l'ouvrage classique Les *Élégies de Chu* (IVᵉ et IIIᵉ siècle avant notre ère).

qu'il traçait dans sa main. Aussi s'arrêta-t-il sans même avoir terminé *Kong* et s'éloigna-t-il à grands pas. Mais le chant le poursuivait partout, il n'y avait pas moyen de lui échapper, et ce ne fut que quand Sai eut terminé sa chanson que le calme revint peu à peu. Mo Tseu rentra dans la boutique d'un menuisier et s'enquit encore une fois de l'adresse de Kong-Chou Pan.

« Voulez-vous parler de ce Monsieur Kong-Chou du Chan-Tong[96], celui qui fabrique des grappins et des éperons de navires ? » Le menuisier était un gros au visage jaunâtre et à la barbe noire ; il semblait savoir de qui il s'agissait.

« C'est tout près d'ici. Retournez sur vos pas, traversez le carrefour, prenez la deuxième petite ruelle à main droite. Marchez un moment vers l'est, puis vers le sud, ensuite tournez au coin vers le nord et c'est pile la troisième maison. »

Mo Tseu avait tracé au fur et à mesure les indications sur sa paume et se fit confirmer par le boutiquier qu'il ne s'était pas trompé. Puis, ayant gravé les instructions dans sa mémoire, il remercia l'homme et repartit à grands pas. Elles se révélèrent exactes : au portail de la troisième maison était cloué un panneau en bois de Nan[97] richement sculpté, sur lequel six caractères indiquaient « Chez Kong-Chou Pan de Lou ».

Mo Tseu dut frapper plusieurs fois à l'aide de l'anneau suspendu à une gueule d'animal fantastique

---

[96] Chan-Tong 山东, pinyin *Shāndōng* : c'est le nom moderne de la province, à l'Est de la Chine, qui correspond à l'ancien royaume de Lu.

[97] L'arbre de Nan ou 楠树 *nánshù*, de nom scientifique *Phoebe zhennan*, est un arbre au bois précieux, très dur, qui servait autrefois à la construction de maisons et de navires. Il n'existe pas de nom français le désignant.

en cuivre rouge[98] avant qu'un portier n'ouvre enfin et ne sorte la tête, les sourcils froncés et le regard bien peu amène.

« Monsieur ne reçoit personne ! Il y a beaucoup trop de vous autres gueux qui viennent de Lou quémander son aide ! »

Le temps d'un coup d'œil interloqué de Mo Tseu, il avait déjà refermé le portail. Mo Tseu eut beau cogner derechef, seul le silence lui répondait. Mais le regard qu'il avait lancé au portier avait troublé celui-ci. Ne parvenant pas à retrouver sa quiétude intérieure, l'homme alla rendre compte à son maître. Kong-Chou Pan avait une équerre de charpentier à la main et prenait des mesures sur un modèle d'échelle de siège.

« Monsieur, il y a encore l'un de vos compatriotes qui est venu mendier à la porte… Mais celui-là était un peu bizarre… dit le gardien à voix basse.

— Comment s'appelle-t-il ?

— Je n'ai pas vraiment demandé… répondit l'homme, craintif.

— Alors de quoi a-t-il l'air ?

— L'air d'un mendiant. Un peu plus de trente ans, plutôt grand, le visage noir…

— Ah ! s'exclama Kong-Chou Pan sous le coup de la surprise. C'est sûrement Mo Ti ! »

Il reposa équerre et maquette et dévala les escaliers. Le gardien, saisi, dut courir pour le précéder et rouvrir le portail. Mo Tseu et Kong-Chou Pan se rencontrèrent dans la cour.

---

[98] 兽环 *shòuhuán* : « Anneau-bête sauvage ». Un bel exemple de ce type de heurtoir de porte très typique des vieilles maisons chinoises figure en couverture de ce livre (Photo du traducteur).

« C'était bien toi ! se réjouit ce dernier, en introduisant Mo Tseu dans la pièce principale. Tout va bien ? Toujours aussi occupé ?

— Oui, comme d'habitude…

— Tu es venu de si loin ! Aurai-je enfin la chance de bénéficier de quelque nouvel enseignement ?

— Là-haut dans le Nord, quelqu'un m'a manqué de respect, commença Mo Tseu avec le plus grand aplomb. Je voulais te demander d'aller le tuer à ma place… »

Kong-Chou Pan se rembrunit d'un coup.

« Je suis même prêt à te payer dix pièces d'argent, » continua Mo Tseu.

À ces mots, l'hôte ne se tint plus de colère. Son visage s'empourpra et il répondit sur un ton glacial :

« Il est hors de question que je tue qui que ce soit !

— Parfait ! »

Mo Tseu redressa le buste, s'inclina à deux reprises, l'air très touché, et redit avec la même assurance :

« Ça tombe bien, j'avais plusieurs choses à te dire. J'étais dans le Nord quand j'ai entendu parler des engins de siège que tu fabriques pour attaquer Song. Quel crime a commis Song pour mériter cela ? Tch'ou a des terres en surabondance mais manque de population. Risquer de faire tuer ce dont ce pays manque pour aller s'emparer de ce dont il ne sait déjà que faire ne me semble pas relever de la plus grande sagesse. Song est innocent et l'attaquer est une atteinte au principe de bénévolence. Avoir conscience de cela, sans agir à l'encontre pour autant, est un signe de déloyauté ; agir sans réussir est un signe de faiblesse. Ta conscience t'interdit de tuer un seul homme, et pourtant tu vas concourir à en faire tuer des milliers : où est la raison dans cela ? Qu'en pense donc mon aîné ?

— Eh bien… réfléchit Kong-Chou Pan. Tu ne profères là que des vérités.

— Ne peux-tu donc mettre fin à tous ces projets ?

— C'est impossible, répondit Kong-Chou Pan sur un ton désolé, j'ai promis au roi de…

— Alors emmène-moi voir le Roi.

— Soit. Il se fait tard, dînons d'abord, nous irons après. »

Mais Mo Tseu ne voulait pas en démordre. Il se penchait en avant, se relevait, bref, ne tenait pas en place. Kong-Chou Pan savait qu'il ne le ferait pas changer d'avis et accepta de le conduire à la Cour. Il passa d'abord dans sa chambre, prit une tunique et des chaussures et déclara sans détour :

« Cependant, je te prie d'enfiler cela. Ici, ce n'est pas comme au pays, ils sont très à cheval sur l'apparence. Change-toi juste pour cette fois…

— D'accord, d'accord, dit Mo Tseu sur le même ton. Ce n'est pas comme si j'appréciais vraiment de porter ces haillons, c'est juste que je n'ai vraiment pas eu le temps de me changer… »

Quatre

IL Y AVAIT belle lurette que la réputation de Mo Ti, cet éminent sage des contrées septentrionales, était parvenue aux oreilles du roi de Tch'ou. Aussi accepta-t-il sans autre forme de procès de lui accorder audience aussitôt que Kong-Chou Pan l'en pria. Mo Tseu portait une tunique trop courte qui lui donnait, avec ses longues jambes, l'allure d'un héron. Accompagné de l'inventeur, il avança jusqu'au trône, salua le Roi et prit la parole avec le plus grand naturel :

« Il est un homme qui ne veut plus de son carrosse, mais souhaite s'emparer de la charrette cabossée de son voisin ; dont les coffres débordent de soies et de brocarts, mais qui veut dépouiller son voisin de sa chemise de feutre ; qui mange viande ou riz à satiété, et convoite la balle et le son de son voisin ! Quelle sorte d'homme est-ce donc ?

— Assurément, un kleptomane ! répliqua le roi du tac au tac.

— La superficie de votre royaume de Tch'ou est de cinq mille lis au carré, celle de Song de seulement cinq cents lis au carré. C'est tout comme le carrosse et la vieille charrette. Tch'ou dispose dans les marais de Yun Meng de gibier à foison, rhinocéros et cervidés ; dans les eaux du Fleuve Bleu et de la Han s'ébattent d'innombrables espèces de poissons et de tortues, plus que vous n'en pourrez jamais chasser. Mais sur les terres de Song, même faisans, carpes ou lapins sont introuvables. C'est comme la viande et le riz, la balle et le son. À Tch'ou poussent le pin, le catalpa, le camphre et l'arbre de Nan, à Song pas un seul grand arbre ; voilà pour les soieries, les brocarts et le feutre ! Je tiens donc que faire attaquer Song par vos généraux revient à se comporter en kleptomane !

— C'est tout à fait vrai ! dit le roi en hochant la tête. Mais Kong-Chou Pan m'a déjà construit mes machines de siège, je me dois de les rentabiliser.

— Êtes-vous certain pourtant que la victoire vous soit d'avance acquise ? Fournissez-moi quelques morceaux de bois et je me fais fort de vous prouver le contraire sur l'heure. »

Le roi de Tch'ou était d'un naturel curieux pour un roi et, tout excité, il dépêcha ses subordonnés à la recherche de morceaux de bois. Mo Tseu défit son ceinturon de cuir et le disposa sur le sol de façon à figurer les courbes des murs d'une cité. Il partagea le bois en deux tas dont il garda l'un et poussa l'autre vers Maître Kong-Chou, simulant troupes et engins d'attaque et de défense.

Puis tous deux commencèrent à manipuler leurs morceaux de bois comme les pions au cours d'un jeu d'échecs. Dès que les attaquants avançaient, les défenseurs déjouaient la manœuvre, ici en reculant si besoin, là en contre-attaquant à propos. Le roi et ses ministres n'y comprenaient rien du tout.

Les évolutions des deux camps s'étaient déjà prolongées sur neuf tours, et les pièces avaient tracé autant de subtiles arabesques, quand Kong-Chou Pan abandonna. Mo Tseu tourna alors la courbure de la ceinture dans sa direction ; c'était à lui de passer à l'offensive. En avant, en arrière, les manœuvres reprirent et au bout de trois tours seulement les pièces de Mo Tseu pénétrèrent l'arc défensif formé par le ceinturon.

Le roi de Tch'ou et les ministres présents s'efforçaient de faire semblant de rien, mais en voyant Kong-Chou Pan reposer encore une fois en premier ses pions de bois, ils ne purent empêcher la déception de poindre sur leur visage. Ils avaient compris que leur champion, en attaque aussi bien qu'en défense, avait subi deux défaites d'affilée.

Le Roi était quelque peu désappointé.

« Je sais comment te vaincre... dit Kong-Chou Pan. Mais je ne veux pas le dire, continua-t-il après un moment, embarrassé.

— Je sais ce que tu sais, dit Mo Tseu sans s'émouvoir le moins du monde.

— Qu'est-ce que vous racontez ? s'enquit le Roi surpris.

— Ce que Maître Kong-Chou ne souhaite pas me dire, répondit Mo Tseu en se tournant vers lui, c'est qu'il songe à me faire exécuter, croyant que si je suis tué, Song n'aura plus de défenseurs et qu'il pourra l'attaquer. Mais en vérité, sachez que mon disciple Ts'in Houa-Li et trois cents de ses hommes se sont déjà installés dans les murs de la capitale, dotés de mes engins de défense, et ils y attendent de pied ferme l'ennemi venu de Tch'ou. Même si vous me tuiez, vous ne pourriez vaincre !

— Quelle ingénieuse démarche ! s'exclama le Roi. S'il en est ainsi, je n'ai plus qu'à renoncer à attaquer Song. »

Cinq

SITÔT APRÈS avoir ainsi empêché l'offensive contre le royaume de Song, Mo Tseu voulut reprendre le chemin de Lou. Mais comme il devait d'abord restituer les vêtements empruntés à Kong-Chou Pan, il dut passer par la résidence de celui-ci. L'après-midi était déjà bien entamée, l'hôte et son invité sentaient leur estomac les travailler. Pan insista naturellement pour que Mo Tseu reste à déjeuner – à moins qu'il ne s'agisse déjà du dîner, et à passer la nuit chez lui.

« C'est aujourd'hui que je dois partir, dit Mo Tseu, mais je reviendrai l'année prochaine pour montrer mon livre au Roi.

— Tu ne veux quand même pas lui parler encore de tes sempiternelles idées de morale et de justice ? Mon cher compatriote, s'éreinter à porter secours aux gens dans le besoin, c'est bon pour les sans-grade. Les grands de ce monde ne sauraient s'y abaisser. Et il s'agit d'un roi, après tout !

— Bien au contraire ! La soie, le chanvre, le riz et le grain sont tous produits par les petites gens, et pourtant les gens importants en ont besoin aussi. C'est encore plus le cas pour la morale et la justice.

— Peut-être bien, dit Kong-Chou Pan qui se sentait tout guilleret. C'est vrai qu'avant de te revoir, je convoitais ardemment le pays de Song. Maintenant que tu es là, même si l'on m'offrait Song sur un plateau, je n'en voudrais pas s'il fallait pour cela consentir à aller à l'encontre de la justice...

— Eh bien, dit Mo Tseu avec le même entrain, si c'est le cas tu mériterais que je te l'offre quand même ! Et si tu consacrais ta vie à la justice, je pourrais t'offrir tout l'univers. »

Pendant cet échange de plaisanteries le repas avait été servi. Il y avait du poisson et de la viande accompagnés de vin. Mo Tseu ne but pas de vin ni ne toucha au poisson et ne mangea que la viande. Kong-Chou Pan but seul le vin, et voyant que son invité ne mangeait que du bout des lèvres, se sentit très gêné. Il le pressa de prendre au moins des galettes à la sauce pimentée :

« Je t'en prie, sers-toi donc ! supplia-t-il. Essaye, ce n'est pas mal du tout. C'est vrai que les oignons ont moins de goût que ceux de chez nous... »

Après quelques verres de vin, il retrouva sa bonne humeur :

« J'ai inventé le grappin et l'éperon pour le combat naval. Ta prétendue "justice" dispose-t-elle d'armes équivalentes ?

— Les armes de ma "justice" sont plus puissantes que les tiennes. C'est l'amour qui me sert de grappin, le respect qui me sert d'éperon. Sans amour, pas d'attachement ; sans respect, pas de sincérité. Sans attachement ni sincérité, c'est la séparation rapide assurée. L'amour et le respect sont donc indispensables au profit mutuel. Toi, tu te sers du grappin pour attirer les gens, tu dois t'attendre à ce qu'ils fassent la même chose. Tu te sers de l'éperon pour les détruire, et ils te rendront la pareille ! S'attacher les gens de force, les repousser par la violence, c'est la destruction mutuelle assurée. Aussi, je te le répète, mes armes sont-elles plus puissantes que les tiennes.

— Mais, mon cher compatriote, mettre en pratique la morale et la justice c'est me priver de mon gagne-pain ! » Kong-Chou Pan s'était encore une fois heurté à un mur et tentait une échappatoire bien faiblarde et embrumée ; il ne tenait décidément pas l'alcool.

« C'est toujours mieux que de priver définitivement la population d'un pays entier de l'envie de manger.

— Il faudra alors que je me mette à fabriquer de simples jouets. Tiens, attends ici, je vais te montrer quelque chose ! »

Il bondit sur ses pieds et se précipita dans sa chambre. De sa place, il semblait à Mo Tseu que Pan retournait tous les meubles de la pièce. Mais très vite il réapparut, une pie faite de bois et de bambou à la main. Il la confia à Mo Tseu en disant :

« Il suffit de la lancer pour qu'elle vole trois jours d'affilée. Du beau travail, non ? »

Mo Tseu reposa le jouet sur la natte après l'avoir examiné sous toutes les coutures.

« Ça ne vaut pas une humble roue fabriquée par un charron. En assemblant trois misérables bouts de bois, il est possible de transporter jusqu'à cinquante piculs[99]. La roue est utile à l'humanité ; voilà ce qui s'appelle du beau travail, du bon travail. Ce qui ne sert à rien est stupide et nuisible.

Kong-Chou Pan, encore une fois piqué au vif, remit les pieds sur terre :

« Ah, j'avais oublié... J'aurais dû pourtant me douter que tu réagirais ainsi.

— Aussi dois-tu persévérer dans la voie de la morale et de la justice, insista Mo Tseu en plongeant son regard dans le sien, et non seulement feras-tu du beau travail, mais le monde sera tien.

« Je n'ai que trop pris de ton temps ; nous nous reverrons l'année prochaine. »

Mo Tseu récupéra son baluchon et prit congé. Kong-Chou Pan savait qu'il était inutile de tenter de le retenir et l'accompagna jusqu'au-delà du portail. En rentrant, il réfléchit un moment, puis rangea la maquette d'échelle de siège et la pie mécanique dans un coffre de la chambre du fond.

*

---

[99] Picul : unité de poids d'origine chinoise utilisée partout en Asie (mais le mot picul est d'origine javanaise). Le mot traduit ici par picul est la « pierre », 石, prononcé ici dàn. La « pierre » valait 120 livres chinoises (斤 jīn), soit environ 72 kg. Cette unité a été progressivement remplacée par le picul qui ne valait ''que'' cent livres, soit la charge qu'était censé porter un seul coolie doté d'une palanche...

MO TSEU marcha beaucoup plus lentement sur le chemin du retour. Il était fatigué et ses pieds le faisaient souffrir, ses provisions étaient épuisées et la faim le tenaillait sans qu'il ne pût rien y faire. Et surtout il avait mené sa tâche à bien et n'était plus du tout aussi pressé qu'à l'aller.

La chance, de même, ne lui sourit pas autant : il fut contrôlé et fouillé deux fois après avoir franchi la frontière du royaume de Song. En se rapprochant de la capitale, il tomba sur une équipe du Bureau de Collecte des Souscriptions pour le Secours National, qui lui confisquèrent son baluchon en guise de contribution volontaire. Arrivé à la Porte du Sud, il fut surpris par une averse et tenta de s'abriter sous les murs de la ville mais en fut ignominieusement chassé par deux soldats du guet armés de haches-poignards. Trempé jusqu'aux os, il tomba malade et resta le nez bouché plus de dix jours.

Août 1934

Réveiller les morts

Tchuang Tséu le philosophe rêve qu'il est un papillon.
Peinture de la dynastie Ming (XVIe siècle)

QUE DIRE ici de Zhuangzi[100], *l'autre fondateur avec Laozi du taoïsme philosophique, sans sombrer dans l'académisme ou enfoncer les portes ouvertes, sinon qu'il est lui aussi victime, et bellement, du traitement sacrilège de Lu Xun ? Comme il a été dit plus haut, Lu Xun ne porte pas le taoïsme en son cœur même s'il partage au fond les mêmes idées de primauté de l'individu qui distinguent ce courant philosophique des doctrines confucéennes, légistes ou moïstes, même s'il est, comme Zhuangzi, un iconoclaste. La religion de Lu Xun, il l'écrit dans une de ses lettres, c'est la « réforme politique » et il ne s'embarrasse guère des oripeaux d'une philosophie trop souvent détournée et moribonde à son époque. Le taoïsme, sous sa forme dérivée de religion populaire, restait certes vivace dans la vie quotidienne de très nombreuses communautés chinoises. Cependant, la principale Église taoïste, celle de la secte du* Un orthodoxe, *descendant des Maîtres Célestes du II*[e] *siècle, ne s'était pas vraiment relevée de la destruction au XIX*[e] *siècle, par les rebelles Taïping, de son centre religieux de la montagne du Tigre et du Dragon (dans la province du Jiangxi), destruction qui intervenait après des siècles de déclin et de répression de la part des conquérants mandchous. Les temples subsistants sur la montagne furent ensuite brûlés par les communistes en 1948 puis définitivement détruits pendant la Révolution culturelle*[101].

Pour citer Simon Leys sur Lu Xun[102], *« S'il mettait une telle fureur dans ses attaques [contre la culture traditionnelle], c'était précisément parce qu'il avait à les tourner d'abord et*

---

[100] 庄子 *Zhuāngzǐ* ou « Maître Zhuang », prénommé 周 *Zhōu* ; EFEO Tchouang Tseu ou Tchuang Tcheou. Auteur de l'ouvrage taoïste classique éponyme. Il aurait vécu entre -369 et -286.

[101] Depuis une vingtaine d'années cependant, le culte est de nouveau autorisé sur l'immense site et quelques temples ont fait l'objet de reconstructions, parfois à but plus touristique que spirituel…

[102] Dans Simon Leys, *Essais sur la Chine*, Robert Laffont, Paris, 1998, p. 449. Il s'agit de l'introduction de Leys au recueil La mauvaise herbe, dans une traduction de 1975.

essentiellement contre lui-même, contre cette présence du passé en lui, contre cette complicité maudite qu'il appelait tantôt "les habitudes accumulées", tantôt "le fardeau des ténèbres" ou "les fantômes" ». Les choses sont donc loin d'être simples…

À la décharge de Zhuangzi, il faut quand même préciser que la tradition veut qu'il ait refusé les charges honorifiques que lui offrait le roi de Tch'ou, contrairement à ce que Lu Xun laisse entendre dans son texte, lequel, plutôt que d'une nouvelle, prend la forme d'une courte pièce de théâtre en un seul acte.

*

(UNE VASTE ÉTENDUE désolée, parsemée de monticules de terre dont le plus haut ne dépasse pas six ou sept pieds. Pas un seul arbre, mais profusion désordonnée de buissons d'herbes folles. Un sentier a été tracé à travers l'herbe par le piétinement des passants et les sabots des chevaux. Tout près du sentier coule un ruisseau. Au loin, on aperçoit des maisons.)

TCHUANG TSEU (Le visage maigre et noir, la barbe et les favoris poivre et sel, coiffé d'un bonnet de taoïste, vêtu d'une robe de toile et tenant une cravache à la main, rentre en scène) — Rien eu à boire depuis que je suis parti, j'ai atrocement soif. La soif, ce n'est pas marrant… si seulement je pouvais me transformer en papillon ! Quoiqu'il n'y ait aucune fleur non plus dans le coin… Oh ! de l'eau, quelle chance ! (Il court jusqu'au bord du ruisseau, écarte les lentilles d'eau et puise l'eau à deux mains. Il boit plus de dix gorgées) Ouf ! Ça fait du bien. Repartons, mais pas trop vite… (Il se relève, regarde tout autour de lui) Holà ! Un crâne ! Comment est-il arrivé là ? *(Il farfouille dans l'herbe du bout de sa cravache et dit en tapotant sa macabre découverte :)*

« Est-ce la peur de la mort et vos dérisoires velléités de renverser le cours des choses qui vous ont mis dans un tel état ? *Tap tap.* À moins que vous n'ayez perdu votre fief et péri au combat sous les coups de sabre ? *Tap tap.* Ou bien auriez-vous causé quelque scandale et décidé de mettre fin à vos jours, ne supportant plus le regard de vos parents et de votre épouse ? *Tap tap.* Ne savez-vous pas que le suicide est la solution des faibles ? *Tap tap tap.* Est-ce le froid ou la famine qui vous ont conduit ici ? *Tap tap.* Ou tout simplement votre jour était-il venu en raison du grand âge ? *Tap tap.* Ou bien… Ah ! Qu'est-ce que je raconte, on dirait que je suis sur scène. Comment me répondrait-il ? Je ne suis plus très loin des frontières de Tch'ou, pas la peine de se presser ; je vais prier le Dieu du Destin de le ressusciter et de lui rendre forme humaine, on pourra bavarder un peu avant qu'il ne rentre chez lui et ne retrouve sa famille. *(Il pose sa cravache, se tourne vers l'Orient, joint les deux mains au-dessus de sa tête et appelle d'une voix forte :)*

« Je te rends mes sincères hommages, ô Dieu du Destin !…

(Un vent mauvais souffle en brusques rafales et bientôt apparaît une cohorte de fantômes disparates, des hommes et des femmes, gras ou décharnés, chauves ou hirsutes, jeunes ou vieux.)

LES ESPRITS — Tchuang Tcheou, pauvre crétin ! Ta barbe est déjà grise mais tu n'en as pas plus de cervelle pour autant. Après la mort il n'y a plus ni maîtres ni saisons, l'espace et le temps s'entremêlent ; même l'Empereur n'est pas plus à son aise ! Ne te mêle pas de ce qui ne te regarde pas et retourne vite à Tch'ou t'occuper de tes propres affaires.

TCHUANG TSEU — Qui est stupide ici, sinon ceux qui sont morts et ne peuvent plus penser ? Sachez que la vie et la mort sont interchangeables, que les esclaves sont les maîtres ! Qui a comme moi atteint les sources mêmes de la vie ne saurait être troublé par de petits fantômes comme vous.

LES ESPRITS — À ta guise, c'est toi qui vas te ridiculiser.

TCHUANG TSEU — Nanti de l'autorité sacrée du roi de Tch'ou, qu'ai-je à craindre de vos petits jeux démoniaques ? *(Il salue de nouveau le ciel, lève la tête et reprend à voix haute :)*

« Je te rends mes sincères hommages, ô Dieu du Destin !
La terre est jaune, les cieux obscurs, l'Univers est un désert ;
La Lune croît puis décroît, le Soleil grimpe puis s'incline,
Les étoiles constellent le ciel nocturne.
Tchao Kien Souen Li,
Tcheou Wou Tcheng Wang !
Feng Ts'in Tchou Wei,
Tsiang Chen Han Yang ![103]
Par ordre exprès de Lao Tseu, le Vieux Seigneur, montre-toi ! montre-toi ! »

---

[103] Incantation sans queue ni tête dont les différentes strophes sont tirées de plusieurs ouvrages traditionnels. La première est formée des quatre premiers vers du *Classique des mille caractères* (千字文 *Qiānzìwén*), dans lequel les enfants chinois apprenaient à lire. Elle est suivie d'une liste de seize noms de famille, tels qu'ils apparaissent en tête du *Classique des cent Noms* (百家姓 *Bǎijiāxìng*). Tous les Chinois capables de lire Lu Xun auraient, en tout cas à l'époque, immédiatement perçu la satire dirigée contre les soi-disant magiciens taoïstes et autres charlatans abusant de l'ignorance et de la crédulité du petit peuple.

(Dans une bouffée d'air pur, le Dieu du Destin fait son apparition à l'Orient, vêtu d'une robe de toile et coiffé d'un bonnet taoïste, le visage noir encadré de barbe et de favoris poivre et sel. Les fantômes se volatilisent aussitôt.)

LE DIEU — Tchuang Tcheou, m'aurais-tu convoqué pour te livrer une fois de plus à je ne sais quelle combine ? Ta soif apaisée, ne pouvais-tu te contenter de ton sort ?

TCHUANG TSEU — Votre serviteur se rendait à Tch'ou, il a trouvé un crâne creux qui gardait pourtant l'apparence d'une tête humaine. Hélas ! Son possesseur est mort en ce lieu, mais avait sûrement encore parents et épouses. Quelle pitié ! Aussi supplié-je votre Divinité de le ressusciter et de lui rendre forme humaine pour qu'il puisse regagner ses pénates.

LE DIEU — Ha ha ! Encore des entourloupes, tu te mêles des affaires des autres même avec l'estomac vide. Comment savoir si tu es sérieux ou si tu te moques de moi ? Va, reprends donc ton chemin et ne me dérange plus pour rien. Sache que tout en ce monde a sa propre destinée[104] ; moi-même, j'aurais des problèmes si j'en disposais à ma guise.

TCHUANG TSEU — Vous avez tort, ô Dieu. En vérité, il n'y a ni mort, ni vie. Moi, Tchuang Tseu, j'ai fait jadis un rêve dans lequel j'étais un papillon, un petit papillon qui folâtrait gaiement, et je me suis réveillé en étant Tchuang Tseu, un Tchuang Tseu empêtré dans le quotidien ! Aujourd'hui encore, je ne suis pas certain que ce soit Tchuang Tseu qui ait rêvé d'être un papillon, ou le papillon qui cauchemarde d'être Tchuang Tseu. En voyant les choses sous cet

---

[104] 死生有命 *sǐshēngyǒumìng* : citation des Analectes (ou *Entretiens*) de Confucius.

angle, comment savoir si ce crâne n'est pas vivant en ce moment même, et si le retour à la vie ne serait pas en fait sa mort ? Je prie donc votre Divinité de fermer les yeux et de tordre un peu le bras au règlement. Un homme se doit d'avoir un minimum de souplesse, un dieu de n'être pas trop pontifiant !

LE DIEU *(Souriant)* — Tu as décidément la langue trop bien pendue pour ton propre bien... Tu es un homme, pas un dieu ! Allez va, ça passe pour cette fois. (Il pointe sa cravache vers les buissons et disparaît. Au même moment jaillit une flamme à l'endroit qu'il désignait, un homme en surgit.)

L'HOMME *(La trentaine, haut de taille et le visage sanguin d'un paysan, nu comme au premier jour. Il se frotte les yeux avec les poings, semble recouvrer ses esprits et aperçoit Tchuang Tseu)* — Hein ?

TCHUANG TSEU — Comment ça, « hein ? » *(Il se rapproche en souriant et le fixe du regard)* Comment te sens-tu ?

L'HOMME — Oh là là, qu'est-ce que j'ai dormi... Et toi, ça va ? *(Il regarde autour de lui et s'écrie)* Eh ? Où sont passés mon sac et mon ombrelle ? *(Il se regarde)* Aïe ! Et mes habits ? *(Il s'accroupit.)*

TCHUANG TSEU — Calme-toi, pas la peine de t'inquiéter. Tu viens de ressusciter. Tes affaires ont dû pourrir depuis longtemps, ou bien ce sont des passants qui les ont embarquées.

L'HOMME — Qu'est-ce que tu racontes ?

TCHUANG TSEU — Je te demande seulement : comment t'appelles-tu et d'où viens-tu ?

L'HOMME — Je suis Yang le Grand, du village des Yang. Mon prénom, c'est Pi-Kong, « le Respectueux ».

TCHUANG TSEU — Et qu'étais-tu venu faire par ici ?

L'HOMME — J'étais parti pour rendre visite à de la famille, et sans m'en rendre compte, j'ai dû m'endormir… *(Il se relève nerveusement)* Où sont mes habits ? Et le sac et l'ombrelle ?

TCHUANG TSEU — Calme toi, pas la peine de t'inquiéter. Réponds-moi : de quelle époque es-tu ?

L'HOMME *(Surpris)* — Hein ? Comment ça, de quelle époque ? Où sont mes habits ?

TCHUANG TSEU — Ttt ttt ttt, comment peut-on être borné à ce point – obnubilé par ses habits – quel terrifiant égocentrisme ! On n'a même pas déterminé qui tu étais, et tu parles déjà de tes habits ? Il faut faire les choses dans l'ordre : de quelle époque es-tu ? Pfffff… Tu ne comprends rien à rien. Bon ! *(Il réfléchit un moment)* Je reprends : à l'époque où tu vivais, s'est-il passé quoi que ce soit de notable dans ton village ?

L'HOMME — De notable ? Tu m'étonnes ! Hier la femme d'Ah le Deuxième s'est bagarrée avec la Septième Aïeule…

TCHUANG TSEU — Il me faut quelque chose de plus important que ça !

L'HOMME — De plus important ?… Eh bien, Petit Yang le Troisième s'est vu décerner à titre posthume le prix de la Piété Filiale…

TCHUANG TSEU — Oui, certes, le prix de la Piété Filiale c'est important… mais ça reste quand même difficile à situer… *(Il réfléchit)* Il n'y a rien eu d'encore plus important, qui aurait bouleversé tout le monde ?

L'HOMME — Bouleversé ? *(Il réfléchit)* Ah, ben oui ! Ça remonte à trois ou quatre mois, quand les âmes d'enfants sacrifiés étaient censées aller renforcer les fondations de la Terrasse du Cerf… Ça a mis tout le monde dans une telle panique qu'on a fait faire des talismans pour les donner à porter aux mômes…

TCHUANG TSEU — La Terrasse du Cerf ? Mais laquelle ?

L'HOMME — Ben, celle qu'ils ont commencé à construire il y a trois ou quatre mois !

TCHUANG TSEU *(Stupéfait)* — Ainsi tu serais mort à l'époque du dernier roi des Chang ! C'est incroyable ! Tu es resté mort plus de cinq cents ans !

L'HOMME *(La moutarde commençant à lui monter au nez)* — Môssieur, on n'a pas gardé les cochons ensemble, c'est pas la peine de se foutre de ma gueule… J'ai juste piqué un petit roupillon, qu'est-ce que ça veut dire que ce « resté mort pendant plus de cinq cents ans » ? J'ai des choses sérieuses à faire, moi, j'dois aller visiter ma famille. Rendez-moi vite fait mes habits, mon sac et mon ombrelle. J'ai pas le temps d'écouter vos salades.

TCHUANG TSEU — Doucement, doucement, laisse-moi le temps de tout saisir. Comment t'es-tu endormi ?

L'HOMME — Comment je me suis endormi ? *(Il réfléchit)* Je suis arrivé ici de bon matin, j'ai cru entendre un grand boum ! au-dessus de ma tête, tout est devenu noir d'un seul coup. J'étais endormi !

TCHUANG TSEU — Ça t'a fait mal ?

L'HOMME — Y semble pas.

TCHUANG TSEU — Oh… *(Il réfléchit un moment)* Je… j'y suis. C'était donc très certainement à la fin des Chang… Tu marchais seul par ici quand un bandit de grand chemin t'est tombé dessus et t'a asséné un grand coup de gourdin par-derrière, suffisant pour te tuer d'un coup, puis t'a dépouillé de toutes tes possessions. Maintenant c'est la dynastie des Tcheou, il s'est écoulé plus de cinq cents ans, et tes habits, ce n'est même pas la peine d'y penser. Comprends-tu ?

L'HOMME *(Les yeux ronds, il contemple Tchuang Tseu)* — J'y comprends rien du tout… Monsieur, arrêtez de me faire tourner en bourrique et rendez-moi mes habits, mon sac et mon ombrelle. J'ai des choses sérieuses à faire, je n'ai pas le temps de plaisanter.

TCHUANG TSEU — Décidément tu es bien lent à la détente…

L'HOMME — Qui est lent ? Mes affaires ont disparu, je vous attrape à tourner dans le coin, qui d'autre que vous pourrait les avoir prises ! *(Il se relève.)*

TCHUANG TSEU *(Nerveusement)* — Attends ! Écoute-moi : il ne restait de toi qu'un crâne, j'ai eu pitié de toi et j'ai invoqué le Dieu du Destin pour te ressusciter. Songes-y donc un peu : tu es mort depuis tant d'années, comment tes habits se seraient-ils conservés jusqu'à ce jour ? Je n'exige de toi nul remerciement, je voudrais juste que tu t'assoies et que tu me parles un peu de l'époque du dernier roi des Chang…

L'HOMME — Foutaises ! Ton histoire, même un enfant de trois ans n'en avalerait pas un mot. Et moi, j'en ai trente-trois ! *(Il se rapproche)* Tu…

TCHUANG TSEU — C'est pourtant la vérité, j'ai ce pouvoir. Tu as sûrement entendu parler de Tchuang Tcheou de Ki-Yuan ?

L'HOMME — Jamais. Et ton soi-disant pouvoir, y vaut pas un pet de lapin ! Si c'était pour que je me retrouve complètement à poil, merci ! C'était pas la peine de me ressusciter ! Comment je vais me rendre chez mes parents comme ça ? J'ai même pas mon sac... *(Sur le point d'éclater en sanglots, il attrape Tchuang Tseu par la manche)* J'y crois pas à tes histoires. Il n'y a que toi par ici, c'est toi le coupable ! Je t'emmène chez le chef du village !

TCHUANG TSEU — Doucement ! Ne tire pas trop fort, mes vêtements sont usés et très fragiles. Écoute-moi donc un peu : ne pense plus à tes habits ; les idées sur la mode, c'est très changeant. Parfois, porter des habits est considéré comme convenable, parfois c'est l'inverse. Les oiseaux ont des plumes, les bêtes ont des poils, mais les concombres et les aubergines n'ont rien du tout. Et tu ne peux pas les juger pour autant ! En aucune façon ne saurait-on dire que de ne pas porter d'habits soit convenable, alors comment peux-tu affirmer qu'en porter le soit ?

L'HOMME *(Pris de rage)* — Va te faire voir ! Si tu me rends pas mes fringues, j'te fais ton affaire ! (Il empoigne Tchuang Tseu d'une main et lève l'autre poing bien serré.)

TCHUANG TSEU *(Affolé, il cherche à éviter les coups)* — Tu oses me frapper ! Lâche-moi ! Sinon je demande au Dieu du Destin de te frapper à mort !

L'HOMME *(Se recule en ricanant)* — Très bien ! Rends-moi donc à la mort, et si t'y arrives pas, rends-moi plutôt mes habits, mon ombrelle et mon sac ! Dedans il y avait cinquante-deux pièces de cuivre, une livre et demie de sucre blanc et deux livres de jujubes du Sud.

TCHUANG TSEU *(Gravement)* — Tu ne le regretteras pas ?

L'HOMME — Les regrets c'est pour les femmelettes !

TCHUANG TSEU *(Résolument)* — Alors d'accord. De toute façon, bouché comme tu es, mieux vaut que tu retournes d'où tu viens. *(Il se tourne vers l'Orient, salue le Ciel et attaque son invocation :)*

« Je te rends mes sincères hommages, Ô Dieu du Destin !
La terre est jaune, les cieux obscurs, l'Univers est un désert ;
La Lune croît puis décroît, le Soleil grimpe puis s'incline,
Les étoiles constellent le ciel nocturne.
Tchao Kien Souen Li, Tcheou Wou Tcheng Wang !
Feng Ts'in Tchou Wei, Tsiang Chen Han Yang !
Par ordre exprès de Lao Tseu, le Vieux Seigneur, montre-toi ! montre-toi ! »

(Il ne se passe rien pendant un bon moment.)

« La terre est jaune, les cieux obscurs, par ordre du Vieux Seigneur, montre-toi ! »

(Il ne se passe rien pendant un bon moment. Tchuang Tseu jette des regards tout autour de lui, puis laisse lentement retomber ses bras.)

L'HOMME — Alors je suis mort ou pas ?

TCHUANG TSEU (Tout déconfit) — Je ne sais pas pourquoi ça ne marche pas cette fois-ci…

L'HOMME (Se jette en avant) — Suffit la comédie ! Rends-moi mes habits !

TCHUANG TSEU (En reculant) — Tu oses t'en prendre à moi ! Espèce de barbare ! Tu ne comprends rien à la philosophie !

L'HOMME (*L'empoignant*) — Canaille ! Roi des brigands ! Je vais commencer par t'arracher ta robe, te prendre ton cheval, ça me remboursera…

(Tchuang Tseu se débat tout en retirant en hâte de la manche de sa robe un sifflet d'alarme dans lequel il souffle trois fois comme un forcené. L'homme, interdit, le secoue moins fort. Très vite accourt au loin un agent de police.)

L'AGENT (*Hurle en courant*) — Tenez-le ! Ne le lâchez pas ! (Il se rapproche ; c'est un grand gaillard du pays de Lou, de haute stature, en uniforme et casquette, une matraque à la main, le visage glabre) Arrêtez cette crapule !

L'HOMME (*Qui resserre sa prise*) — Arrêtez cette crapule !

(Le policier les rejoint, attrape Tchuang Tseu par le collet et lève sa matraque. L'autre lâche sa proie et salue en s'inclinant, les deux mains dissimulant son bas-ventre nu.)

TCHUANG TSEU (*Agrippant la matraque d'une main et tordant le cou*) — Qu'est-ce qui vous prend ?

L'AGENT — Ce qui me prend ? Hmmf ! Ce n'est peut-être pas tout à fait clair pour toi ?

TCHUANG TSEU (*Enrageant*) — C'est moi qui vous ai appelé, et vous voulez m'arrêter ?

L'AGENT — Quoi ?

TCHUANG TSEU — J'ai utilisé mon sifflet d'alarme…

L'AGENT — Il faut avoir un sacré culot pour appeler soi-même la police après avoir dérobé les effets d'autrui !

TCHUANG TSEU — Je passais par ici, j'ai vu son cadavre, je l'ai secouru et en guise de remerciements il me secoue et prétend que je lui ai volé ses affaires ! Regardez-moi, est-ce que j'ai l'air d'un voleur de poules ?

L'AGENT (*En rangeant sa matraque*) — Qui sait ? L'habit ne fait pas le moine. On va en discuter au poste.

TCHUANG TSEU — Que non point. Je dois reprendre ma route pour me rendre à la cour de Tch'ou.

L'AGENT (*Surpris, il le relâche et le regarde d'un peu plus près*) — Ne seriez-vous pas…

TCHUANG TSEU (*Se redressant*) — Oui ! Je suis bien Tchuang Tcheou de Ki-Yuan. Comment m'avez vous reconnu ?

L'AGENT — Notre chef nous a souvent parlé de Votre Éminence ces jours-ci, il nous a prévenus que vous devriez passer par ici pour aller chercher fortune à Tch'ou. Notre chef est une sorte d'ermite qui ne travaille qu'à temps partiel, il adore nous lire des passages entiers de vos œuvres. Par exemple, le Discours sur l'égalité des choses : « Sitôt mort, sitôt en vie ; sitôt né, sitôt décédé. Du possible naît l'impossible, et vice-versa ». C'est écrit avec une telle vigueur… vraiment très fort ! Mais Votre Éminence ne souhaite-t-elle pas venir se reposer un peu au poste de police ?

(*Le paysan, ébahi, se recule et se dissimule à croupetons dans un buisson.*)

TCHUANG TSEU — Il se fait tard, il faut que je reparte, je ne peux m'attarder. Mais sur le chemin du retour je promets de rendre visite à votre chef.

(*Tout en parlant, il remonte à cheval. Au moment où il va donner un coup de cravache, le paysan bondit de son buisson et attrape la monture par le mors. L'agent s'avance pour empoigner l'homme par l'épaule.*)

TCHUANG TSEU — Qu'as-tu encore à te mettre en travers de mon chemin ?

L'HOMME — Vous partez, mais moi j'ai plus rien, qu'est-ce que j'vais devenir ? *(Il se tourne vers l'agent)* Regardez, M'sieur l'Agent…

L'AGENT *(Après s'être gratté le crâne juste derrière l'oreille)* — C'est vrai que vu comme ça… Votre Éminence *(Il lève la tête vers le cavalier)*… J'y pense, vous devez en avoir les moyens, prêtez-lui un vêtement pour qu'il soit au moins présentable…

TCHUANG TSEU — Ce serait sans problème, d'ailleurs je ne suis pas, de nature, attaché à la possession de ces bouts d'étoffe. Mais cette fois-ci, je dois voir le roi de Tch'ou en audience, je ne peux quand même pas me présenter à lui sans robe. Et je ne peux pas non plus porter la robe sans sous-vêtements…

L'AGENT — C'est vrai, ce n'est pas possible. *(À l'homme :)* Lâche-le !

L'HOMME — Mais moi j'dois rendre visite à ma famille !

L'AGENT — Tais-toi ! Continue comme ça, je t'alpague et tu termines au poste ! *(Il lève sa matraque)* Dégage !

(L'homme bat en retraite, le policier le poursuit jusqu'aux herbes folles.)

TCHUANG TSEU — Au revoir, au revoir !

L'AGENT — Au revoir, Votre Éminence ! Bonne route !

(Tchuang Tseu cravache sa monture et se met en route. Les mains dans le dos, le policier le regarde s'éloigner et disparaître dans un nuage de poussière. Puis il se retourne lentement et repart dans la direction d'où il était venu. L'homme jaillit des buissons et le retient par le rebord de sa veste.)

L'AGENT — Quoi encore ?

L'HOMME — Comment j'vais faire ?

L'AGENT — Qu'est-ce que j'en sais, moi ?

L'HOMME — Je dois rendre visite à mes parents…

L'AGENT — Eh bien vas-y !

L'HOMME — Mais j'ai pas d'habits !

L'AGENT — Sans habits tu ne peux pas aller voir tes parents ?

L'HOMME — Vous l'avez laissé partir. Maintenant vous voulez y aller aussi, mais il faut que vous trouviez une solution. Si vous y arrivez pas, qui donc le pourra ? Regardez, j'vais attraper la mort comme ça, moi !

L'AGENT — Ah ça… mais je dois te prévenir : le suicide est la solution des faibles.

L'HOMME — Alors trouvez-en moi une, de solution !

L'AGENT *(En libérant sa veste)* — Quelle solution ? Je n'ai pas de solution.

L'HOMME *(Il le rattrape par la manche)* — Emmenez-moi au poste !

L'AGENT *(En libérant sa manche)* — Qu'est-ce que tu crois ? Nu comme tu es, je ne peux pas t'emmener en ville. Lâche-moi !

L'HOMME — Alors prêtez-moi un pantalon !

L'AGENT — Je n'ai qu'un seul pantalon, de quoi aurai-je l'air si je te le donne ? (Il tire de toutes ses forces) Arrête tes conneries ! Mais lâche-moi donc !

L'HOMME (L'empoignant par le cou) — Je veux aller avec vous !

L'AGENT (Affolé) — Non !

L'HOMME — Sinon j'vous laisse pas partir.

L'AGENT — Mais qu'est-ce que tu veux à la fin ?

L'HOMME — Je veux que vous m'emmeniez au poste de police.

L'AGENT — C'est vraiment… à quoi ça pourrait bien servir ? Ça suffit ce cirque… Lâche-moi ! Sinon… (Il se débat comme un beau diable)

L'HOMME (Il le serre plus fort) — Sinon, je pourrai pas aller voir mes parents et je perdrai complètement la face ! Deux livres de jujubes du Sud, une livre et demie de sucre blanc… Tu l'as laissé s'enfuir, alors je règle mes comptes avec toi !

L'AGENT (Se débattant) — Tu dépasses les bornes ! Lâche-moi ! Sinon… sinon… (Il attrape son sifflet et souffle dedans frénétiquement)

Décembre 1935

Lu Xun - brève chronologie.

25 septembre 1881 : Naissance de Zhou Shuren à Shaoxing, Zhejiang, dans une famille mandarinale disgraciée et appauvrie.

1898 : Études à l'Académie navale de Jiangnan puis à l'École des chemins de fer et des mines. Prise de conscience des problèmes de la société chinoise et des idées occidentales.

1902 : Se rend au Japon pour suivre des études de langues puis de médecine à Sendai, qu'il abandonne pour se consacrer à la littérature, afin de « changer les mentalités » chinoises.

1903 : Mariage arrangé par sa mère avec Zhu An. Il ne vivra jamais avec cette première épouse.

1906 - 1909 Tokyo. Premières traductions publiées.

1909 - Retour en Chine. Professeur à Hangzhou et Shaoxing.

Octobre 1911 : *soulèvement de Wuchang, chute de la dynastie Qing et établissement de la République de Chine le 1er janvier 1912.*

1912 : Nankin, puis Pékin. Postes au Ministère de l'Éducation.

1915 : fondation de la revue Nouvelle Jeunesse à Shanghai.

1916 : échec de la tentative de restauration impériale par le général Yuan Shikai, qui meurt en juin. Début de la période des Seigneurs de la Guerre.

1918 : 1re nouvelle en *baihua* : *Le journal d'un fou,* dans Nouvelle Jeunesse. Adoption du pseudonyme Lu Xun.

4 mai 1919 : *manifestations estudiantines et lancement du mouvement nationaliste et réformateur du 4 mai (cf note 5).*

1920 : Lu Xun quitte Nouvelle Jeunesse. Postes de professeur à l'Université de Pékin et à l'École normale supérieure nationale.

1921 : publication en feuilleton de *La véritable histoire de Ah Q,* puis du recueil *Cris* en 1923.

1926 : parution du recueil *Errances.* Se réfugie à Xiamen (Amoy), puis à Canton en 1927. Mariage avec Xu Guangping.

1927 - 1936 : Shanghai. Août 1297 : *La mauvaise herbe* (poèmes).

1929 : naissance d'un fils.

1930 : ne croyant plus au seul pouvoir de la littérature, Lu Xun participe à la fondation de la Ligue des écrivains de gauche, à visée révolutionnaire. Il s'en écartera cependant assez vite, déçu de l'emprise du Parti communiste sur la Ligue et ses débats.

1931 : le Japon s'empare de la Mandchourie.

1933 : fondation de la Ligue chinoise des droits de l'Homme.

19 octobre 1936 : mort à Shanghai, de la tuberculose.

TABLE